死なれちゃったあとで

前田隆弘

中央公論新社

目次

死なれちゃったあとで

実際に経験した死別について書きました。

『死なれちゃったあとで』
（二〇二三年五月　前田商店刊）を
大幅に加筆修正しました。

針中野の占い師

忘れられない死というのがある。身近な人の死はどれも忘れられないのだけど、その中でも特に忘れられない死。棘《とげ》となって抜けないままの死、と言い換えてもいい。

「それは唐突に訪れた」的なことを書こうとしていたのだが、書きながら思い返してみると、予兆はあったような気がする。まさかそうなるとは、というのが素直な心境であるとはいえ、まったく予兆がなかったわけではなかった。

20年ほど前の、9月の連休のこと。

当時は広告代理店に勤めていて、休日出勤はざらだった。午後に出社して、制作会社と連休明けに提出するデザインの打ち合わせを行なったあと、他の休日出勤の先輩たちと雑談をしていたとき、携帯が鳴った。

「お久しぶりです。前田さんですか?」

大阪での大学時代の後輩Dの彼女、Nちゃんからだった。

「おっ、久しぶりやん。どしたん、元気しとった?」

「あの、Dちゃんが……死にました」

「えっ」

「……………」

「え？」

「自殺しました」

「どういうこと」

「まだよくわからないけど、首吊りだと思います。たぶん」

俺の顔色が変わったのを見て、先輩たちはそそくさと仕事に戻っていった。

「でも、なんで」

「私が原因なんです」

後輩Dの彼女、と書いたが、正確には「元」がつく。Dと別れていただけでなく、彼女はすでに京都の大学を中退し、関西を離れていたため、普段のやり取りはメールや電話が中心だった。なぜ別れてもやり取りを続けていたのかというと、答えは単純で、Dがなかなか別れたがらなかったから。Nちゃんにしても、別れたとはいえ、嫌いになったというわけではなかったのと（だからDはワンチャンあると思ったのかもしれない）、彼がやけを起こすことを危惧していた。そんなこともあって、別れたあとも連絡は定期的に取り合っていたのだった。

それがつい最近、二人の間にいざこざがあり、NちゃんはDからの電話にまったく出なかったらしい。それでもしばらくはDからの着信があったのだが、あるとき電話もメールもぱたりと来なくなった。Nちゃんは心配になり、Dの近所に住む友人に様子を見てきてほしいと頼む。友人がアパートのドアの前に立つと、その時点ですでに異臭が漂っていた。大家は鍵を持っていないというので、警察を呼び、大家と警察の立ち会いのもと、友人が台所の上部にある窓までよじ登り中に入ったところ、Dの変わり果てた姿に遭遇した、ということだった。

そういう経緯であれば、彼女が「私が原因なんです」と考えるのも無理はない。と思った瞬間、「自殺の責任に耐えきれず……」という想像が脳裏をよぎった。俺の頭の中も混乱してぐっちゃぐちゃなのだけれども、いま目の前にある事態にはとりあえず向き合わないといけない。ああでも。「そんなの全然関係ないよ！」というのも嘘くさくないか。嘘くさすぎると、かえって「気をつかってそう言ってるだけで、やっぱり私が原因なんだ」という思いを強くさせてしまうかもしれない。

「言いたいことはわかる。それがきっかけとなった可能性はたしかにあるよ。でもそれはあくまでもきっかけであってさ、きっかけイコール原因ってわけじゃない。原因はやっぱりあいつ自身の中にあるよ。原因をパンパンに溜め込んでたあいつにある」

気休めではなく、本心として語った言葉ではあるけれど、どれだけの効力があったのだろうか。そっち方面の話をしているとキリがないので、具体的な段取りの話に移す。今から大阪に向かうという彼女に、ご両親に会ったら事の経緯をちゃんと話したほうがいい、感情の高ぶりからきつい言い方をされるかもしれないが、「何が起こったか」は絶対に知りたいはずなので、そこは伝えてあげてほしいと。あと、通夜と葬儀のスケジュールがわかったら教えて、と話して電話を切った。ショックがいったん落ち着いてくると、今度はだんだん怒りがこみ上げてきた。

夜は約束していたクレイジーケンバンドのライブ。「あるレーサーの死」で泣く。

翌日。おなじみの休日出勤。

チームの先輩も出社していたので、一緒に昼食。うどんをすすりながら昨日の一件を話す。

「休日の昼下がりにうどん黒田藩で話すような話題じゃないですけど（後略）」

「そりゃかわいそうな話だね……前ちゃんはこれからどうすんの？」

「都合がつけば葬儀に行こうと思いますけど、今日も明日もクライアントのところに行くことになってるんで」

「そういうことなら俺、代わってもいいよ？」

「いや、なるべく自分で出るようにします」

身勝手な死のために、いろんな人を巻き込んでしまうことが腹立たしく、そのときは仕事優先で考えていた。

「まあ前ちゃんがそう言うなら、それでいいけどさ。なんかあったら俺に連絡していいよ」

4時間後、先輩に電話した。

「すみません、さっきの件ですけど」

新大阪へ向かう新幹線の車中、思い出を反芻《はんすう》していた。

Dは俺が同級生の友人と作った格闘技サークルの後輩である。もともとそのサークルは、その友人と二人で空き地で練習していただけの、公認どころか非公認サークルとも呼べない集まりにすぎなかった。ところが、学祭でサークル対抗の異種格闘技戦に参加してみたら、「あれ、もしかして俺たち強い?」とわかり、サークル化して新入生を募集した。募集初年度に入ってきた唯一の新入生が、プロレスマニアのDだった。

大学で授業がある期間は三人で練習したり、喫茶店でおしゃべりしたりしていたのだが、授業のない期間は同級生の友人は帰省してしまう。俺は塾のバイトをしていたので、夏休みはむしろ忙しく、お盆ギリギリまで帰省できない。夜は暇なので、たびたびファミレスにDを呼び出し、明け方まで話すということを繰り返していた。話してみると、どうやら気が合うことがわかって、先輩・後輩という上下関係はあるものの、かなり気の置けない間柄になっていった。最初の夏休みから、「これは昔からの友人にも話したことがないんですけど……」という話をされた記憶がある。

こんなことがあった。

Dのアパートに行くと、彼の地元の友人が遊びに来ていた。「前田さんもどうぞ」と言うので、そのまま上がり込んで、一緒におしゃべりをし、やがて友人は帰っていった。Dと二人になってから、うすうす感じていたことを口にした。

「お前……もしかして友達のことを下に見てる？」

「えっ！　なんでわかったんですか⁉」

「なんとなくわかるよ、会話の雰囲気で。俺と話しているときとテンション違うし」

同級生同士の関係にヒエラルキーがあることは珍しくないが、Dの場合はそれとはちょっと違っていた。俗っぽいノリに終始しているというか、会話のレベルを相手に合わせているというか、小手先でコミュニケーションを取っているというか。「10の力で話をしても理解できないだろうから、4の力で会話してますよ」という感じがした。指摘したときの反応を見ると、どうやら当たりだったのだろう。ファミレスで言われた「俺、こういう話ができる相手、前田さんが初めてなんですよ」という言葉の意味が、そのとき理解できた。

中学までは学年で1位の成績だったらしい。教科書を読んだだけで全部理解できてしまうので、特別に勉強をしなかったし、塾にも通っていなかったという。旧友にDについて聞くと、「昔は雲の上の存在だった」と言っていた。しかし進学先を決める頃になると、トップ校の合格は危ういということで、2番目の進学校に入学。そこでも学年1位となり、先生からは「このまま京大を目指したほうがいい」と言われる。とはいえ、努力して勉強する経験に乏しいので、京大の合格圏には入れず、俺の通っていた大学に入ったのだという。俺が1浪してこつこつ勉強して現役時代よりグッと成績を上げて入った大学に。

1年生の前期から、Dの単位取得はふるわなかった。俺も人のことを言えた義理ではないのだが、その俺から見ても「もうちょっと真面目に取り組んだほうがいい」と思える成績だった。勉強したい内容をあまり考慮せず、試験科目的に入りやすい学部を選んでしまったため、授業の内容に興味が持てなかったこと。こつこつ勉強することにあまり重きを置いていなかったこと。この二つが悪魔合体した結果だった。

「前田さん、俺、わかってしまったんです。経済学に全然、興味がないって」

大学をサボってばかりという意味では不真面目だが、感受性のような部分では真面目であった。なんなら〝くそ〟が付くほどに。長渕剛や大槻ケンヂに強く傾倒していたのも、その表れと言っていいだろう。で、そういう「不真面目なのに真面目」なところは程度の差こそあれ、俺と相似なのだった。だからDも俺も、お互いに胸襟を開きやすかったのだと思う。日々感じる（世間から見たらどうでもいい）不条理を、よく口にしあった。

みんなと同じように就職活動してサラリーマンになる気もなさそうだし、もしかして本当は荒唐無稽な野望を秘めているのかも……と思い、出会った年に「将来どうしたいの？」と聞いたことがある。返ってきたのは、予想の斜め上の回答だった。

「半年バイトして、半年遊ぶ。そういう生活が一生続けられれば最高です」

「それを一生？　何かを成し遂げたい、何者かになりたいってのはないの？」
「ないです」

本心かもしれない。でも本心じゃないかもしれない。何か具体的な目標……ハードルの高い夢を口にしてしまうと、それが実現しなかった場合、恥をかくことになる。その恥を回避するために、先回りしてそう言っていただけなのかもしれない。あるいは、「夢を持つのが当たり前」という自己啓発的な風潮に、反発していたのかもしれない。こっちのほうがありそうだな。根っこの部分はくそ真面目なのに、そんなのが理想だなんて信じられない……と当時は思っていたのだが、それは俺が勝手な願望を押しつけていただけかもしれない。もう本当のところはわからない。

Dと大学時代を過ごしたのは3年間だが、振り返ってみるとその間、一緒に旅行に行ったことも、ライブに行ったことも、イベントに行ったことも、繁華街に繰り出したこともない。学生プロレスやカラオケに行ったことがあるくらいで、あとは地元のファミレスで、喫茶店で、居酒屋で、サークルボックスで、アパートで、ひたすらしゃべり続けていた。麻雀《マージャン》すらしたことがない。普通の人が想像する「3年間」の範囲をはるかに超える、気が遠くなるほどの時間を共有していたことになる。おしゃべりの大部分は本当にくだらない、下品な話だったのだけれど。われわれが当時大好きで、よく話題にしていたラジオ番組が「誠のサイキック青年団」というだけで、その会話の下品さがわかる人にはわかると思う。

俺は大学を5年で卒業し、福岡に就職した。いま思うと、1年余計にDと過ごせたのは、お互いにとって良かった。結局は死んでしまうのだから、そんなこと言ったって……とは思うのだけど、それでも良かった。

「あいつ、大学に友達いないし、俺がいなくなっても大丈夫かな」と心配していたら、それからほどなくしてDに彼女ができた。ネットで知り合ったのがきっかけだった。それがNちゃんである。彼女は大学も下宿も京都だったのだけど、かなり頻繁に大阪にあるDの下宿に来ていて、半同棲のような生活を送っていた。俺も大阪にたびたび遊びに行っていたので、彼女とも仲良くなり、こういう関係が続けばいいよなあ、と願っていたのだが。

Dの単位の取得状況はまったく改善されておらず、4年で卒業どころか、1年の留年で取り返せるかも怪しい……というレベルにまで達していた。しかし両親には単位が取れていないことも、中退を考えていることもなかなか言えないでいた。神童時代のイメージを崩したくなかったのか、授業をサボっているくせに「親不孝者になりたくない」という思いだけは強かったのか。「親には本当に申し訳ないです……こんな自分が情けないです……」と言って、深夜のファミレスで泣き始めたこともある。

あれだけ泣いたのに、大学を中退してしまった。

中退したことはずっと両親に隠していた。両親が中退の事実を知ったのは「学費の振込用紙が送られてこない」と問い合わせてきたことがきっかけだった。「振込用紙が送られてこない」と電話してきても、Dは「おかしいね。発送が遅れてるんじゃゃない？」

と半年もの間ごまかし続け、ついにごまかしきれなくなったタイミングで、中退は「打ち明ける」ではなく「バレる」という形で両親に知らされた。

「中退したのはともかくとして、お前、どうすんの？　やりたいこととかあるの？」

「パチプロになります」

「はああ？　パチプロ？」

いつからか、Dの部屋でパチンコ雑誌を見かけるようになったので、パチンコによく通っていたのは知っていた。二人で過ごしているときに友人らしき人物から電話がかかってきて、「あの台はこうすれば攻略できる」と答えていたので、それなりに詳しい知識を持っていることもうかがえた。だとしてもパチプロを職業にするって。

パチプロなんてなるもんじゃない、という思いは今でも変わらない。ただ、当時の俺は会社員として働いていたことで、パチプロを侮蔑するようなマウント感を言葉の奥ににじませていた、という自覚がある。そのことで少し、Dとの間に距離ができたような気がした。俺に対して弱い部分をあまりさらけ出さなくなった。見栄を張るようになった。パチンコがうまくいかない、生活がうまくいかない、恋愛関係がうまくいかない。卒業後も、Dとは時々メールや電話のやり取りをしていたし、何度か大阪にも遊びに行ったのに、そんな話は聞いたことがない。そういう情報はもっぱらNちゃんから聞いていたのだった。

中退したあたりから、Nちゃんとの関係もこじれてきたようだった。というより、将来がまったく見えなかったのだと思う。京都の大学に通っていた彼女もまた、「この学部は自分に合っていない」と気がつき、地元の大学の編入試験を受けて合格。Dと別れて郷里に戻り、新しい大学生活を始めていた。それから程ない時期での自殺だった。

新大阪に到着。ほぼ終電で斎場に到着すると、親戚や地元の同級生たちがたくさん集まっている。ご両親に挨拶をし焼香するが、黒い納体袋に入れられているので、顔は見ることができない。死んだことにあまり現実感がわいてこなかった。

控え室にいる親戚や友人たちが食事が用意されている大部屋に移動したのを確認すると、お父さんが「前田さんにはきちんとお話ししたいと思います」と、この一件に関する話を語ってくれた。

表向きは突然死だと説明しているが、実は首吊り自殺であるということ。発見された時点で死後1週間が経過していたため、遺体の傷み具合が激しく、とても顔を見せられる状態ではないこと。Nちゃんから事の経緯を一通り聞いたこと。その際に「絶対に後追いなんかは考えるな」と念を押したこと。借金があったこと。それが返せなくて実家にまで電話が最近かかってきていたこと。その額はサラリーマンなら一定期間切りつめれば返済できる程度だが、無職の人間にはちょっとやそっとじゃ返せない金額だったこと。火葬までは大阪で行ない、ご両親が住む種子島にお骨を持ち帰ってから本葬を行なうということ。遺書らしい遺書はなかったが、ズボンのポケットの中に家族の写真やらNちゃんの写真やらが何枚か入っていて、走り書きのメモがあったということ。そのメモの半分くらいは、血液やら体液やらで滲んで判読不能になっていること。読める部分としては、何人かの身近な人にあてて、簡単な感謝と謝罪の言葉がつづられていたこと。そしてもう一つ、こう書かれていたということ。

情けない人生でした。

その言葉を聞いた瞬間、涙がこぼれ出た。死別の悲しみとは違う涙。悔し涙に近い。情けないって、そんな言葉で人生締めくくる奴があるかよ。どうせ死ぬのなら、せめて楽しい思い出を振り返ってほしかった。死ぬその瞬間まで、情けなさに包まれていたなんて。情けない人生の中に、ささやかでもいいから何か灯りのようなものを見いだしてほしかった。ひどく混乱してしまい、席を立つ。隣の部屋には、巻き寿司やビールなんかが用意されており、中学時代の友人たちがあれこれと思い出を語り合っていた。彼らはDが死んだ経緯を知らない。端っこに座って、サークルの友人と瓶ビールを飲む。「なんであいつ死んだのかな」「なんであいつ俺たちを頼らなかったのかな」そんなことをとりとめもなく話す。

少し落ち着いてから棺《ひつぎ》のある部屋に戻ると、第一発見者の友人や最後に生前のDと会った友人が集《つど》っていた。彼らやご両親を交えて、生前のDについて語り合う。ご両親や友人たちの話を聞いていると、ひところのDは頭もいいし笑いも取れるし人望もあるし、それだけ周囲の期待も大きかったらしい。それが重荷になって、少しずつ歪《ゆが》んでいったのだろうか。

通夜トークの場にいた全員がそれぞれのエピソードを持ち寄り、共有しつつ話し合った結果、「なまじ100％の力を出さずに来れてしまったがために、全力を出さないことに慣れてしまったのではないか」という結論に至った。全力を出さないのは怠惰さゆえではなく、「全力を出してもここまでなのか」という限界が見えてしまうことへの恐怖の念からだったのではないかと。両親を含む、それぞれの時代のDを知るメンバーがその見解で全員一致したのだから、違うとは言わせないからな。

お父さんから聞いた話。

「Dはよく、前田さんの話をしていたんですよ。尊敬する先輩が福岡にいるので、遊びに行きたいって。3回くらい聞いたことがあります。結局、福岡に遊びに行ったんですか、あいつ」

「いやあ、来なかったですね。1回も」

小心者。

葬儀の朝。一晩中しゃべり続けたので眠い。Dとのファミレストークだったら、あとはデニーズモーニングを食べて帰るだけだが、今日はここからが本番である。トイレで髭を剃っていたら、お父さんから「一晩中いろんな話をしてくれてありがとう。いくらか気が休まりました」と言われる。Nちゃんからは、俺がDのダメなエピソードを面白おかしく語っていたので、「前田さんの話を聞きながら『ちゃうわ！　ちゃんといいところもあるわ！』と思いながら聞いてました」と、サラッと怒られた。葬儀が始まる直前までは本当に眠くて、ずっと船を漕いでいたが、導師が入場すると同時に気を入れ直す。葬儀はつつがなく進行した。読経、焼香、そして嗚咽《おえつ》。呆然として出棺を見送る。

火葬には立ち会えないので、まだ話したそうな同級生たちを引き連れて喫茶店に入る。そのうち一人また一人と帰っていき、俺とサークルの友人だけで話し込む。そろそろ行くか、と席を立つと、外でNちゃんと第一発見者の友人が立ち話していたので、誘って食事に行くことにした。道中、さらにしゃべる。

Dとの、印象的だったデートがあったという話を、Nちゃんがしてくれた。

「長居《ながい》公園に行って、ベンチで『人間失格』を朗読するんです。『恥の多い生涯を送って来ました』って。それを交代で朗読して……あれ、楽しかったんですよね」

お金がなかったからかな……とも思ったが、聞いているとたしかに楽しそうに思えた。ずいぶん風変わりなデートだが、二人ともそれを面白いと感じていたということは、やっぱり相性が良かったのだろう。

パチンコで勝ったときに、おごってくれたこともあったという。

「店に連れていってもらって、『さあ、何でも好きなものを食え！』って言うんですよ。でも『ここ湯豆腐の店やん』と思って（笑）」

そういう話、Dから聞いたことなかったなあ。

死に至るまでの経緯についても聞いた。

別れる別れないの話がこじれて、「別れるなら死んでやる！」となったのが直接の引き金になったようなのだが、実はその前から「俺は別に死んだってかまわない」とちょくちょく口にしていたらしい。別れる以前に、「そもそも生きることに希望を見いだせない」というニュアンスで。見栄なのか本心なのか、就職にも興味がなかったようだった。中退の前か後か失念したが、地元の短期アルバイト先——大企業ではないが、そのジャンルではトップシェアを誇る会社——から「社員にならないか」と誘われたのに、断っていた。借金をしていたくらいだから、死ぬ直前は本当に金がなかったらしい。亡くなる1カ月前、大阪に遊びに行ってDの家に泊めてもらったことがあった。そのとき、ミナミをぶらぶら歩いて、「ぜひ食べさせたいラーメンがあるんです。うまいんですよ」と、当時まだ全国展開していなかった「どうとんぼり神座《かむくら》」に連れていってもらった。その金も地元の友人から借りたものだった。「前田さんが遊びに来るから5千円貸してくれ」と。

「最近どうなの？　パチプロでまだやっていけてんの？」

「月に8万くらいは稼いでますから、贅沢しなければなんとかやっていけますよ」

あのときの会話は、俺を心配させないための嘘だった。だいたい、その嘘の数字さえ、生活水準としてギリギリのレベルじゃないか。

「俺んち寄ってく？」と誘われたので、友人の下宿へ寄り、二人でなんとなく「世界の笑撃映像」という特番を見る。20人の子供がいる欧米の家庭が傑作だった。妻が朝食のパンを焼くのに、トースターが1台しかないもんだから、毎朝1時間半かけて次々にパンを焼くのだけれど、その光景、動きがまるでチャップリンの工場労働者みたいだった。夫は1日12時間の大工仕事で家族を養っている。それでも子供といる時間が一番らしく、「どんなに忙しくても子供とのスキンシップは欠かさない」というナレーションとともに、子供たちの中に入っていく画《え》が映し出されるのだが、20人の子供たちからよってたかってもみくちゃにされて、悪ガキから首4の字までかけられていた。やせこけて頭は全白髪、今のクリント・イーストウッドを思わせる風貌で、「60歳くらいかなあ」と思っていたらテロップに「40歳」の文字。それまでの反動もあるのか、二人で狂ったように転げ回って笑った。

ひとしきり笑ったあと、駅まで送ってもらいながら、

「勢いで選んでしまう死があるんだったら、さっきのテレビみたいに、いっときの大爆笑でやめてしまえる死もあるんかなあ」

「あるんかもなあ」

みたいなことを話した。

ホテルに戻ると、すぐに寝落ち。よく考えたら、昨夜から約20時間にわたってしゃべり続けていたのだった。


翌朝、のぞみで帰福し、午後出社して仕事へ。

帰宅して、昔のメールを読み返していた。県外の大学に進学して、以前からの知り合いが1人もいない環境で暮らすことになった俺は、なかなか友人ができなかった。いや、いたことはいたし、楽しく話せてもいたのだけれど、心の棚卸しをするような相手は長いこといないままだった。Dとファミレスで話していた日々は、それまでの2年間に溜め込んでいたエネルギーの、はけ口のようなものだったのだと思う。Dが心の棚卸しをする以上に、俺が棚卸しをしていた。本人は気づいていなかったと思うが。

「死んだ」という悲しみはそのうち薄れていくような気がする。でも「いない」という寂しさ、空虚さはきっとこれからが本番なのだろう。一生続くのかもしれない。

subject:
ＢＧＭはｃｏｂａのアコーディオンで

今回は、いつか言おうと思っていたんですが大阪最後の夜もちょっとバタバタしてじっくり話す時間もなかったので、メールにて失礼ですが少しマジメなお話です。一つ一つ書いたらきりがないので中核の部分だけ。

前田さんにはホントに感謝しています。僕にとって前田さんは自分の知識、思想、ネタ、果てはココロのモヤモヤまで、何でも気兼ねなく全力で話せる人でした。大学に入る前までは、話してもわかってくれる人がいなくてすべてを話しきれないことが多かった僕にとって、前田さんとの会話（ゲスい話やくだらん話ばっかりだったような気もしますが）はとても楽しくかつ刺激的で、その中で自分の未熟さを痛感したことも少なくありません。望んで入った大学じゃないですが、前田さんに出会えたというだけでも市大に来た価値があったと思っております。今となっては１９９６年の春、杉本町公園で芹沢俊介の本とともに出会ったあの瞬間に運命すら感じます。これは言い過ぎか。ただ一つ心残りがあるとすればそれは、自分が勉強しなかったことです。もっと勉強しておれば、前田さんともっと深い話ができて、もっと自分を磨く（好きな言葉じゃないですが）ことができたろうにと思えて、それが非常に残念です。出来の悪い後輩ですいませんでした。今度会うときはちょっとはマシな前向き人間になっていられるよう頑張ろうと思います。なにぶんこんな性格なもので約束はできないですが、とりあえず頑張ります。三年間本当にありがとうございました。前田さんに会えて本当によかったです。今度は女性にもこういうことを言わせてみてください。社会人生活の御武運をお祈りします。

忙しいこの時期にクサイ話を長々とスミマセンでした。またこれにこりず、これからも今までと変わらぬネット上でのおつきあい宜しくお願いします。

ここで終わってもいいのだけど、どうしても付け加えておきたい話がある。

通夜の途中、Nちゃんから「前田さんにちょっと話したいことがあって」と呼ばれ、給湯室で聞かされた話がある。二人が付き合っていたときの話だ。

「Dちゃんと針中野《はりなかの》の商店街を歩いてたら、占い師がいたんですよ。それで二人で占ってもらおうということになって。私が手相を見せたら、わりと普通のことを言われたんですけど、Dちゃんが手相を見せたら、占い師の顔が変わってブルブル震えだして。手相が薄くなっている、って言うんです。『あなたは今、何かをやめようとしている。でもそれは絶対にやめてはいけない。絶対にやめないでください』って。占いというより、警告みたいな言い方なんですよ。Dちゃん、ちょうど大学を中退しようとしていたから、気味悪がって。それで別の日に他の占い師に見てもらって、そしたら普通の結果だったから、安心してそれで終わったんですけど。でもいま考えると、あの占い師が言ってたことって、つまりこういうことだったんじゃないかと思って。私だけじゃ抱えきれないと思ったんで、前田さんにお話ししました」

そんなの、めちゃくちゃ気になるやん。占いの当たりはずれじゃなく、占い師が「震えながら警告を発した」というあたりが気になる。占い師には何が見えていたんだろうか。

2年後。

塾バイト時代の友人に会うため、大阪を訪れた。二人で思い出話に花を咲かせながら飲み食いし、そろそろホテルへ戻ろうかというタイミングで、ふと、針中野の占い師のことを思い出した。

「ホテル戻る前に、ちょっと寄りたいところがあってさ。自転車で乗せてってくれん？」

「いいけど……どこ？」

「針中野の商店街」

「こんな時間に針中野？　なんかあるん？」

「ちょっと確かめたいことがあって」

彼はバイト先の友人で、大学も違うので、Dのことは知らない。

二人乗りで針中野の商店街に着くと、夜が更けて閉店した商店街の中に、ぽつんと占い師のブースが出ている。キタやミナミならともかく、針中野の商店街に何人も占い師がいるとは思えない。きっとあれに違いない。

「占ってもらえますか」

「はい、3千円になりますけど、よろしいですか」

3千円を渡し、手相を見せる。つとめて平常心を保っていたが、内心はかなり緊張していた。俺の手を見てブルブル震えだしたらどうしよう。バイアスがかかるのを避けるため、Dのことも伝えないまま、たまたま通りすがった客として占ってもらう。

いくつかの項目を聞いていく中で、たしかに言い当てられているという実感があった。誰でも言えるようなことで「当たっている」というのではなく、たぶん他の人ではこんなコメントは出ないだろう、という部分で当たっていた。ドンズバで当たっていることもあったが、それはここでは書きたくない。

最後に、仕事運を見てもらうことにした。

「もし、あなたが今の仕事を辞めたいと思っているのなら、辞めたほうがいいです」

Dのときとは真逆の回答。実はその頃、会社を辞めたいとずっと思っていた。

「辞めたとして、僕にはどんな仕事が向いていると思いますか？」

「書く仕事……と、教える仕事」

「わ、すごい。当たってるやんな、前田先生」

隣にいる友人は「教える仕事」の部分に反応して、そうささやいた（バイト時代の名残で「前田先生」と呼ばれていた）。しかし俺が反応したのは「書く仕事」のほうだった。やりたいと思っていたのだ。でも今はサラリーマンで、書く仕事の実績は何もない。そういう学校に通ったこともない。そろそろ30歳が見えてきたのに、会社員であることを捨てて、新しい分野に挑戦するのは無謀なんじゃないか。そうやって気持ちに蓋をしていた。自信がなかった。

だから。

占い師の言葉に、背中を強く押された気がしたのだ。Dの手相を見てブルブル震えだした男が、俺には「書く仕事が向いている」と言っている。

今の職業は、自分の意思で選んだものだ。でもその選択には、たしかにDの死の影響がある。ほとんど忘れかけていたけど、書いていて思い出した。

いつだったか、Dに語ったことがある。いや、もしかしたらD自身が語っていたのかもしれない。記憶があいまいすぎるし、どっちも言いそうな内容で、もはやどっちが言ったのか判別がつかなくなっている、でもしっかりと脳には刻まれている言葉。

「ダメ人間でも、工夫すればもっと楽しく人生を生きられるはず」

それを証明してみせるのが、Dの先輩である俺の義務である。

父の死、フィーチャリング金

父は55歳で事故死した。

その前の晩、父は「明日は海遊びに行く」と珍しくはしゃいでいた。父は会社員で総務課に長く勤めていたが、だんだん会社の業績が傾いてきたのか、そのうち出向で工場勤務をしたり、それまで会社で取り扱っていなかった高級品のセールスをしたりしていた。転職ではなく、同じ会社での話である。その頃はパートのおばさんたちに何かを訪問販売させて、それを統括するような役目をしていたらしい。そのおばさんの1人が、あまり人が来ないプライベートビーチのような場所を知っていて、そこでみんなで海遊びをしよう、ということになったと。

「汚れてもいい長袖のTシャツは持っとらんか」と聞かれたので、高校のときに買ってほとんど着なくなった、ジョン・レノンの顔がでかでかとプリントされたロンTを貸してあげた。プリントTシャツを着るのも、ロンTを着るのも初めてだったようで、さっそく試着して、「似合うか?」と満足げな顔をしていたが、俺はあまりの似合わなさに驚いていた。父は「頑張って石原裕次郎に寄せようとしているガッツ石松」みたいな風貌で、ヤクザのような服装が似合うタイプの男だったので。そのやり取りが、父との最後の会話になった。
翌日は、取引先の人が監督をつとめるチームに参加して草野球。炎天下の中、塩がふくほどびしょびしょになって打ったり走ったりエラーしたり。試合を終えて携帯を見ると、母親から着信が10件以上入っている。何かが起きたことを察して、留守番電話に耳を当てた。

「隆弘…………お父さんが死んだ」ピーッ
「隆弘、どこにおるとね。電話に出て」ピーッ
「隆弘、いま唐津の赤十字病院に向かっています。これを聞いたらすぐ来て」ピーッ
「お父さんが海で溺れて病院に運ばれたって。唐津の病院と聞いたので、詳しくわかったらすぐ連絡します」ピーッ

留守番電話は、最新の録音から流れる仕様だった。悲しいとか泣くとか、そういうこ

とよりも、あまりにも突然すぎて呆然としてしまう。母親に電話すると、弱りきった声で経緯を話してくれた。溺れたのは深いところではなく、普通に足が立つところ。パートのおばさんたちが「あれ、前田さんどこ行った?」と気がついて探すと、父が海中に倒れ込んでいたのだという。そこから救急車を呼ぶのだが、名前のないビーチだったこともあって、救急隊員が場所を把握するのに手間取り、到着まで時間がかかったらしい。母親が病院に到着したときにはすでに心肺停止の状態で、電気ショックで蘇生を図っている最中だったのだが、何度も何度も電気ショックを受ける父の姿を見ているうちに耐えきれなくなり、「もういいです、もうやめてください」と懇願して、そこで臨終となったのだった。

とにかく唐津に向かわないといけない。会社の同期のスカイラインGTSで姪浜《めいのはま》まで送ってもらい、筑肥《ちくひ》線に乗る。

筑前前原《ちくぜんまえばる》だったかなあ。途中で乗り換えるんだけど、ローカル線だから電車がなかなか来なくてさあ。20分くらい待ったんじゃないかな。がらんとしたホームで、ベンチに腰掛けてぼーっとしながら風景を眺めて、「こんなに急いでいるのに、こんなにのんびりしているなんて、なんだかなあ」と、居心地が悪いのに居心地がいい気持ちになったのを覚えている。

病院に着くと、父の妹のおばさんが出迎えてくれた。母親はいろいろ必要なものがあるため、いったん帰宅したらしい。奥のほうに、パートのおばさんたちの姿が見える。「私が着いたときに、あのおばさんたち何て言ったと思う？『3千円払ってください』って。亡くなったときに着る白い浴衣があるやろ？あれが3千円するげな。それを病院の人から言われたけど、自分たちは払わずに、親族が来るまで待っとったって。そんなの、3千円くらい出しゃいいやん。立て替えといて、後でもらえばいいだけやろ？自分たちはとにかく一銭も出したくないんかね。私、ちょっと信じられん」

いきなり愚痴をこぼされて微妙な気持ちになった。とはいえ、俺も「3千円、惜しむんだ」とは思った。同じ現場にいて助けてあげられなかった側なのに。強く思った。

そうしているうちに、看護師から手伝いを頼まれた。父を別の台に移し替えたり、浴衣に着替えさせたりするのに、人手がいるという。さっきまで電気ショックを受けていたであろう処置室に入ると、そこにはジョン・レノンのTシャツを着た父がいた。海で溺れたため、Tシャツが濡れて肌にぴったりくっついていたので、看護師はジョン・レノンをハサミでビリビリと引き裂いて父から剝がした。臭いで予想はしていたが、下半身を脱がせると、尻がうんこにまみれている。そのとき初めて知ったが、死ぬとだいたい脱糞するものらしい。ハーフパンツも捨てて、簡単に体を拭き、みんなで声を合わせ、せーの！で体を抱えて移し替える。「あとは大丈夫です」。助かった、くさいので。

自宅に戻ってからは本当に忙しかった。すっかり憔悴した母親から「私はもう何もやる気がなか。あんたがやってくれんね」と頼まれ、葬儀屋と打ち合わせ。思考力が低下していることを見越して、たとえば棺だと「A：50万円　B：30万円　C：10万円」のように3択から選ぶようになっている。だいたいどれもそう。で、「うーん、ここに金をかけても……。どうせすぐ燃やすし」と迷っていると、何千回と繰り返してきたフレーズなのだろう、葬儀屋は極めてスムーズな口調で「お父様との最後のお別れですから……」と言うのだった。マーケティング・テクニックを駆使した3択だと思うのだが、Cが見るからに安っぽいので、結局は「Bでいいか」となる。Bを選んだことで「普通の価格帯を選んだ」とつい思ってしまいそうになるが、もちろんそれは錯覚で、Bも十分高いのである。すべてをBで選ぶと、かなりの金額になってしまう（なった）。

金の話は、お坊さんともすることになる。お布施の金額がまったくわからないのだ。それぞれの家庭の事情に合わせて払えばいいだけ、というのはわかっている。じゃあうちの経済事情だといくら包めばいいのか。「これくらいなら失礼に当たらない」の金額の見当がまるでつかない。だって「いくらでもかまわない」と言っても、1万円だったら絶対気分悪くするでしょ？　3万円でも怒りそう。なので聞いてみることにした。

「住職、折り入ってお聞きしたいことが……」

「なんでしょう」

「葬儀のお布施ですが……いくらくらいがいいんでしょうか？」

「いくら、という基準はございません。お気持ちでいいのです。金額の多い少ないではないのです」

「そうは言っても、この世界の常識みたいなものがまったくわからないのです。気持ちでいいと言われても、その気持ちで出した金額が、常識とかけ離れているかもしれず」

「いやしかし、私の口から金額を言うわけには……」

「そこをなんとか」

「……ま、その…………30万円ほど包まれる方が多いようにお見受けしますが……」

「なるほど、わかりました」

言ってみりゃ、これもBでしょ。B、どんだけ金かかるんだ。


上の妹からは衝撃の報告を受けた。本人が死んだとわかると、銀行口座が凍結されるというので、父の口座をチェックさせていたのだが。

「それがさ、3万円しかなかった」

「いやいやいや、それは使ってない口座やろ。メインで使ってる口座があるって」

「いや本当って。他の口座も見たけど、全然お金入ってなくて。お金入ってる口座が3

万。私もびっくりした」

3万？　55歳の会社員の貯金が3万？　家は持ち家なので家賃はかからないし、母親はパートタイマーとして働いているから日々の生活はなんとかなるんだろうけど、毎月給料をもらっている人の貯金が3万？　25歳の俺と上の妹は会社勤めしているけど、下の妹はまだ高校生である。これから進学が控えているのに、いったいどうするつもりだったのだろう。いや、そもそも貯金が3万のくせに「明日は海遊びだ」とはしゃいでいたのか。よく貯金3万ではしゃげるな。海で溺れずに生き続けていたら、いったいどうなっていたのだろう。生きていたら生きていたで、別の地獄が待ちうけていたのではないか。

亡くなってから葬儀までは2、3日かかった。その間にひげがどんどん伸びて、けっこうなひげ面になってしまったが、葬儀の前日、おくりびと然とした人がキレイにひげを剃って、血色を良く見せるための化粧までしてくれた。

葬儀が行なわれるまでは自宅に父を安置していたので、葬儀を待たずして弔問客が続々と自宅を訪ねてきた。もう何年も親戚と連絡を取らず、音信不通になっていた父のいとこ、Tさんもそのときに現れた。Tさんは脱サラ後、なぜそれをやろうと思ったのかさっぱりわからないのだが、料理人経験ゼロのまま、中洲で料亭をオープンさせ、ほどなくしてつぶれさせた男だった。子供の頃、オープンしたての店に親戚一同で出かけた記憶がある。そこで初めて活け作りを見た。身を切られた魚がビチビチビチ！と苦しみ悶えているのがあまりにもショッキングで、それを見ながら大人たちが「おいしいおいしい」とその身を食べる様子もまたショッキングだった。

Tさんは料亭の開業資金を得るため、親戚に連帯保証人になってもらっていた。だから店がつぶれたことで、親戚もつぶれた。Tさんの実家がつぶれただけでなく、教頭先生をやっていた真面目一筋の親戚もつぶれてしまった。うちのおばあちゃんだけが「連帯保証人には絶対にならん！」と断り、前田家はその被害を免れたのだった。以降、「連帯保証人にはなるな」は前田家の家訓となる。

そういった経緯があり、Tさんは親戚中からほぼ勘当状態であった。そんなTさんだったが、父の弔問に現れると、おばあちゃんは涙をにじませながら出迎えた。

「T、元気にしとるとね。来てくれてありがとう、ありがとう」

手を合わせたあと、父の思い出を簡単に語り、立ち上がろうとするTさんをつかまえて、おばあちゃんは「大変かろう。これを持っていきんしゃい」と、手に10万円をつかませた。こげなとはよかよか、いや取っときんしゃい、という小芝居のあと、Tさんは10万円を受け取って帰っていった。


「Tちゃん、お父さんからお金を借りとったと思うっちゃんね」

その夜、母親から聞かされたのはそんな話だった。

店も、金も、妻も、親戚づきあいも、そしてあらゆる信頼も失ったTさんは、タクシーの運転手をして生計を立てていた。Tさんと父はいとこ同士で昔から仲が良く、大人になっても、そして親戚から勘当されたあとも、たびたび会っていたらしい。うちのおばあちゃんには内緒で。

さらに、これは俺も驚いたのだが、父はけっこうな額の金を持っていたらしい。自分で稼いだ金ではなく、生家（引っ越す前の家）を売ったお金。それを生前贈与的におばあちゃんから渡され、しかしそれがいくらあるのかを母親には決して知らせず、自分の金として使っていたのだという。本当に驚いた。子供の頃からずっと、うちは貧乏だと思っていたから。小学生のとき、母親がショッピングセンターで処分品の300円の半ズボンを買ってきて、安くなった理由である錆びたボタンを紙やすりでゴシゴシこすっていたのを見たときは、本当に悲しい気持ちになった。これで貧乏だと思わないほうが無理でしょ。父親はスーツ（ほぼ仕立て）こそたくさん持ってはいたものの、ブランド品とは無縁、見た目には金を持っているようには見えなかった。俺は親から月々のこづかいもクリスマスプレゼントももらったことがなく、正月と盆に親戚からもらうこづかいだけで1年間やりくりをしていた。バイト禁止の高校に通いながら、バイトもしていた。予備校時代も半年だけファミマでバイトした。

父はTさんと仲が良かったから、お金に困っているのを不憫《ふびん》に思い、お金を貸していたようだった。おそらく借用書もなしで。実質的には「サポート」ということになるのだろう。

「金額はようわからん。もともといくら持っとったかも知らんし。でもお金を貸してたのは本当だと思う。Tちゃんがみんなにいろいろ言われるのを覚悟して、うちにやってきたのはその恩があったからじゃないかな。お父さんが死んだことで本人は『これでチャラになった』と思うとるやろうけど」

　母親は観察力があるタイプなので、おそらくそれなりに当たっているとは思っていた。とはいえ、特に証拠らしい証拠もないので、どこか「本当かな」と思う気持ちもあるにはあった。2割くらい。しかし、のちにそれは極めてリアリティのある話だと確信することになる。


　葬儀と火葬は、滞りなく終わった。火葬場で母親が見たこともないくらい取り乱していたこと以外は。「女」としてのむき出しの部分を初めて見てしまったことは、かなりの衝撃だった。

　葬儀が終わると、大事な作業が待っている。香典の計算である。経理の仕事をしている上の妹と、法律事務所に勤めるいとこが二人がかりでチェック作業を行なっていた。

「やっ、たった3千円げな！」

1000
千円

妹が声をあげたので、なにごとかと思ったら、例の、一緒に海遊びをしていたパートのおばさんの香典が、二人とも3千円だったことに驚いていたのだった。

3千円。まさしくお坊さんの話と一緒で、金額の多い少ないではないのである。それはわかっている。父の会社でパートタイムで働いているだけの関係なら、そんなものだろう。しかし。二人は現場に居合わせていたわけで、心肺蘇生がうまくいかなかったことは仕方ないにしても、せめて救急車の誘導がもっとスムーズにいっていれば……とは、どうしても考えてしまう。ここで、唐津の病院で3千円を払わなかった記憶がよみがえる。

「あたしら、何も関係ないですから」

3千円はそんな意思表示のように感じられた。経済事情がどうの、という理由ではあるまい。一緒に海遊びに行くくらいだから、きっと良好な関係なのだろうと思っていたが、実は父はたいして慕われてはいなかったのではないか？　もしそうだとしたら、こんなに悲しい話はない。自分のことを慕っていない人間と遊びに行って、溺れ死ぬなんて。妄想が先走りすぎかもしれない。でも慕っている相手だとしたら、生き死にに関わる現場に居合わせて3千円という金額になるのだろうか。金を当てにしているわけではない。そこに責任回避や無関係性の態度が見えてしまったことが、言いようもなくショックだった。

金にまつわる話は、父の死後、まだまだ出てくる。

俺が大学を留年したとき、父の単身赴任先まで赴いて、土下座して「もう1年、行かせてください」と懇願したことがある。その頃、父は出向で工場勤務を始めたばかりで、父が住む社宅には、全国から同じように出向でやってきた社員が集まっていた。その飲み会の場で、土下座したのである。外面のいい父は、絶対にその場で男気のない行動は取らない。そう計算した上でのことだった。

「前ちゃん、行かせてやらんね!」

「いい息子さんじゃないの!」

「1年くらい、ドーンと行かせてやりなよ!」

おじさんたちは、全員が応援団になってくれた。

「1年だけぞ」と威厳たっぷりに言って、父は留年を認めてくれた。その後、無事に卒業できて、就職もできて、めでたしめでたしと思っていたら。

「お父さん、あんたの学費払ってなかったんよ」

葬儀のあと、1週間ほど会社を休んで事後処理をしていた折、母親からそう聞かされた。

「はあ？　どういうことよ？」

「生活費の仕送りはお前がしちゃれ、俺は学費のほうを払うけん、って言われて。お父さんは学費を払っているもんだと思っとったら、おばあちゃんのお金で払っとったんよ」

「ええええ！」

「隆弘を大学卒業させてやるためやけん、っておばあちゃんに言って。私もずっと知らんかったっちゃけど、おばあちゃんから初めてそれ聞いて」

おばあちゃんは、「学費は私が出したのだから、あなたたちはその分、蓄えがあるはず」と言ってきたのだという。そりゃそう思うよね。息子が3万円しか持ってないなんて、絶対に信じないだろう。

「じゃあお父さん、俺の学費を1円も払ってないってこと？」

「そういうこと」

「土下座したのを見て、よし、行かせてやる、みたいなことを言ってたのに？」

「そうたい（苦虫）」

留年した1年分の学費について話していたつもりであったが、こうやって書いてみると、おばあちゃんが払っていたのは、留年の学費のみならず、5年間の全学費だったという疑惑すら出てくる。というか、生活費の仕送り（3万円）を母親のパート代から出していたのも初めて知った。

そうなると、「死亡時の預金残高が3万円」という事態が、さらに謎を帯びてくる。いったい何に金を使ったら、毎月の給与と生前贈与の結果が3万円になってしまうんだ？

「貸金庫、見てきたよ」

事後処理の結果、父は銀行の貸金庫を借りていたことがわかり、上の妹に現場を確認させてみた。絶対ないだろうとは思いつつ、一応聞いてみた。

「お金はあった？」

「何もなかった。ＡＴＭから引き出したときの明細書がたくさん置いてあるだけで……」

誰かに金を貸したときの借用書がわりなのだろうか。ＡＴＭから引き出したときの明細なんて、普通わざわざ貸金庫まで持ってきて保管したりしないだろう。しかもその明細書がたくさんあるということは。

「あと、生命保険の証書があったんよ。知らない人の」

「知らない人？」

「●●さんていう人。そこに鉛筆書きでメモがあってさ。『返せないときは、これでお支払いします』って」

「え、ええ……」

「気味悪くない？」

「それ、お母さんには言うなよ。俺からちょっと聞いてみるけん」


　翌日。昼食のそうめんをゆでている母親に、それとなく聞いてみた。

「お父さんさあ、たしか●●さんって友達おらんかったっけ？」

「●●さん……ああ、おりんしゃったねえ。お父さんが大分の営業所におったときの同僚の人やったよ」

「その人、いまどうしとると？」

「●●さんねえ、会社辞めて自分で事業を始めんしゃったんよ。でも事業がうまくいかんで会社がつぶれてしまって。借金をたくさん抱えて、自殺しんしゃったげな」

「ええ、そんなことがあったとね」

　あるていど予想していたとはいえ、本当にその通りだとはさすがに驚いた。父はその人に金を貸していたのだ。生命保険の証書を渡すくらいだから、それなりの金額なのだろう。しかも、その証書が貸金庫に眠ったままということは、父は結局それを換金しなかったことになる。金も貸金庫も管理がでたらめだったので、証書の存在をすっかり忘れていたのか、あるいは同僚の死を金に換えることにためらいがあって、そのままにしておいたのか。前者のだらしなさも、後者の優しさ(弱さ)もどちらも持っていたので、真相は永遠に闇の中である。

生命保険の証書によって、父が人に金を貸していたことが判明すると、今度は母親が話していた「Tちゃんに金を貸していた」という話も俄然、信憑性を帯びてくる。Tちゃんだけではない。母の口からは、父から借金したとおぼしき複数の名前が挙がった。

「私がわかるのはそれくらい。たぶん私が知らない分もあると思う」

もはや借金とも言えないだろう。借用書もない。催促されることもない。踏み倒すことを前提にしているのだから。「困っている人を助けずにはいられない」というと聞こえはいいが、「外面のいい父」の性質を、俺以上に周囲の人間は熟知していて、要するにカモにしていたのだと思う。

そう考えると、Tちゃんは非難を浴びることを覚悟して現れただけ、まだ良心的なほうだと言える。幼少期から遊んだ仲だけに、父への思い入れもあったのだろう。その一方で、「3千円おばさん」のような薄情な人間も、きっといる。うちの家族が知らないだけで。

借金のことばかり書いてしまったが、父親自身の散財もある。晩年はさすがに減っていたとは思うが、もともとは毎晩のように中洲で遊んでいた。定時に仕事が終わるのに、帰宅するのはだいたい深夜だった。「両手にホステスを抱いた兄貴と、エレベーターでばったり会ったことがある」とおじさんから聞いたこともある。

「ザ・ノンフィクション」の「ちょっと心配な家族がおりまして」の回を思い出す。親の遺産を、1年で使い切ってしまった60代の息子。なぜそんなにあっという間に使ってしまったのかとディレクターが尋ねると、

「引き出すのはいつも1、2万ずつだから、小刻みな引き出し方なら貯金はあまり減らないだろうと思っていた」

と答えるのである。おそらく散財あるあるなのだろうが、うちの父もそのパターンだ

ったのではないか。「これだけ金があるから、まあ大丈夫だろう」という妄信が、散財と、あまりにもゆるい金貸しにつながった……とも言える。貸すにしても、自分で働いて貯めた金なら、そこまでゆるい貸し方をすることはあるまい。

そういったことがいろいろと重なり、3万円になった。

金が出て行く話ばかりではない。入ってくる話もあった。

葬儀から1週間ほどたったある日、差出人が書かれていない封筒が届いた。開けてみると、1万円札が入っている。手紙もメッセージも入っていない。1万円だけ。なんじゃこりゃ。ミステリアスで気持ちが悪い。事件性すら感じる。

みんなで気持ち悪い気持ち悪い言ってたら、誰かが教えてくれた。お坊さんだったかな。葬儀屋だったかもしれない。

「そういうこと、たまにあるらしいんですよ。新聞を読んで、不慮の事故で誰かが亡くなったのを知って、不憫に思った人がお金を包んで送るというの」

父は事故死だったので、地元紙の社会面に小さく死亡記事が載った。翌日まで記事のことを覚えている人はほとんどいないだろうが、目にした人はけっこういたはずだ。とはいえ、世の中で話題になるような事件ならともかく、必要最低限の内容しか書いていない記事を見て、お金を送る人がいるのか。人柄もわからない、顔も知らない、ただ「溺れて死んだ」というだけの記事に同情を覚え、1万円を送る。死者に対する想像力は「3千円おばさん」と正反対なのに、こちらの理解を超えすぎていて、感動や感謝の気持ちはあまりわいてこない。人間の想像力のグラデーションは、かくも幅広いものなのか。そのことにただ感心していた。

あれから約20年。家族はどうにかこうにか生活を送れている。

父の死後、母親は登山を始めた。帰省するたびに増えていくモンベル製品が、その傾倒ぶりを物語っていた。ハイキングみたいなやつかな、と思っていたら、ちょっとした崖をロープで登るようなことまでやっていたと知り、驚いた。ジムに通ったり、複数の公民館のサークル活動に参加したりして、わりと元気にやっているようだ。

2022年の正月は、家族で長崎旅行に行った。

散策しながら話していると、ふいに父の話になった。

肯定している、というわけでもないが、3万円のことを恨みがましく言う家族は誰もいない。3万円の余波を受けない生活を送れてきたから、そう言えるのだろうが。

「ベストタイミングやったっちゃない？　お父さんが死んだの。あれ以上生きてたら、絶対、借金生活に突入してたと思う」

「そうねえ。使いたいように使って、生きたいように生きて、ちょうど使い切るタイミングで死んで。お父さんは幸せに生きたのかもしれんねえ」

母親の中で、父の存在は、「3万円しか残高がなかった男」ではなく、「〃太く短く生きる〃を地でいった男」というところに着地していた。

あれだけのことをやって、そう思ってもらえるのは、完全に幸せ者であろう。

こりゃ死んどるね

中学1年の、ある土曜日。

学校が昼で終わり、俺と林は金屑川《かなくずかわ》ぞいの道をキャッキャ言いながら歩いていた。いつものように林があることないことマシンガンのように言い続けるので、俺が笑って、それでさらに調子づいた林がますますあることないこと言う。

道の先は、車道が通る橋と交差している。その車道を自転車を押したおばさんが渡ろうとしているのが見えた。林のほうを見てケラケラ笑ったあと、再び前を見ると、さっきのおばさんが消えていた。

(あれ、さっきの……)

と思った瞬間、バキバキバキガゴンガゴンガゴン!とすごい音がして、数秒後、
ぎゃああ

と、断末魔のようなすさまじい叫びが聞こえてきた。
どちらからともなくそう言って、おばさんが消えた場所に駆けつける。

「おい、行こう！」

車道の真ん中には、大きな穴が空いていた。直径3メートルくらいあるだろうか。深さは10メートル。これは新聞に書いてあった。何かの工事が行なわれていて、警備員も1名いたのだが、穴の周囲には囲いがなく、三角コーンがまばらに置かれていただけだった。

おばさんは車道を渡る際、左右の確認に気を取られて穴に気づかず、警備員もよそ見していておばさんに気づかず、自転車ごと穴に落ちてしまったのだろう。

穴の中は、鉄骨が何本か突き出ていた。ガゴンガゴンガゴンという音は、それにぶつかりながら落ちた音なのだろう。自転車が原形をまったくとどめていないことが、衝撃の大きさを物語っていた。巨人の手のひらでギュッと握りつぶされた感じ。

おばさんは時々うめき声をあげながらも、倒れた状態から必死で起き上がろうとしている。上半身をちょっと起き上がらせるところまではいったが、立ち上がることができず、そのままばったり倒れてしまった。土にまぎれて見にくいが、よく見るとおばさんの周囲に血らしき赤い色が広がっている。

そうこうしている間に、野次馬が集まってくる。近くの小学校もちょうど下校時間だったせいで、小学生もたくさん集まってきた。柵のない10メートルの大穴のまわりに。警備員は何もしない。そのうち小学校から、去年まで俺の担任だった石橋先生が駆けつけてきて、「近づいたらいかーん！　離れてー！」と小学生を誘導していた。

救急車はすでに呼んでいるようだが、現場の警備員、作業員はなんだか妙に落ち着いていた。人が死にかけているという緊張感が、まるでなかった。

忘れられない言葉がある。

救急車待ちの間、そのうちの1人が穴をのぞき込んで、

「あー、こりゃ死んどるねえ。助からんわ」

と、あっけらかんと言い放った。自分がおばさんを死なせた当事者なのに？　それ以前に、目の前で今にも死にそうな人を見て、そんな言葉を言えることに強い違和感を覚えた。怒りじゃないんだよな。混乱に近い感情だった。

人が死ぬことを一大事のように考えるのは、「ごんぎつね」で涙するような純粋な子供だけで、たくさんの人生経験を積んだ大人からすると、死は「こりゃ死んどるねえ」くらいのライトな感覚なのだろうか？　人が死にそうな現場を目にして大騒ぎするのは、子供っぽい行動なのだろうか？　おじさんと自分の、死の扱いの軽重のギャップにずっと戸惑っていた。

やがて救急車が到着する。しかし、救急車の隊員が10メートルの穴に降りていけるはずもなく、そのまま立ち往生。結局おばさんは、追加で呼ばれたレスキュー隊に救助されることとなった。穴に落ちてからずいぶん時間がたっていた。30分は確実にかかっている。1時間弱かもしれない。小学生の大半は、石橋先生に注意されるまでもなく、飽きて帰っていた。

翌日の新聞を見ると、やはりその事故の記事があった。おばさんは50代の家政婦で、救助された時点ではまだ息があったが、病院に運ばれてから数時間で死亡したとのこと。もしかしたら、対応が早ければおばさんは助かっていたのではないか。工事現場の人たちが「どうせ死んでいる」とたかをくくっていなければ。

月曜日の帰り道。同じ道を通ると、穴の周囲は2メートル超の鉄柵でびっしりと囲まれていた。これを2メートルおきの三角コーンで済ませていたのか。

事故から1カ月後、その建設会社で原因不明のボヤ騒ぎがあった。

じゃあ明日

「前田さん、一緒に熊野に行きませんか？」と、よく一緒に仕事をしているKさんから誘われたのは２０１２年のこと。

熊野本宮大社正遷座１２０年大祭のイベントがあり、荒木飛呂彦さんもゲストとして登壇するのだという。こういう機会に乗っからないと、熊野に行かないまま一生を終えそうな気がして、行くことにした。

羽田発の飛行機で、荒木飛呂彦夫妻と席が前後になるという奇跡に興奮しつつ、南紀白浜空港に到着し、Kさんとレンタカーで熊野へ向かう。

イベントの内容はあまり覚えていない。屋外で行われたのだが、ゲストの茂木健一郎さんがトーク中、「この土地は考えごとをするのにいい……」と言って席を立ち、思索にふけりながら熊野の自然の中に消え、しばらく帰ってこなかったことだけは鮮烈に覚えている。

Kさんがイベント関係者と知り合いだったので、打ち上げのパーティに自分も参加させてもらった。神社のことも、熊野のことも、たいして詳しくないので話についていけるか不安だったが、宮司さんが優しい方ばかりだったので、気持ちよく話すことができた。のは、自分だけではなかったようで、打ち上げ終了後、盛り上がった茂木さんが「僕の部屋で二次会をしよう！」と提案し、有志10人くらい、もっといたかも、まあまあの人数で彼の部屋に押しかけることになった。

部屋飲みで隣になった、年上の女性と話してみたら、自分と同じく東京から来た人だった。芸能事務所の社長だという。その事務所の名前には聞き覚えがあった。何年か前、そこの仕事に関わりそうになったことがあったから（実現はしなかった）。大きな事務所ではないので、事務所名はそこまで知られていないと思うが、所属するタレントで一番有名な人は、ほとんどの人がその名前を知っているはずだ。関わっている業界が近いこともあって話が盛り上がり、やがて二次会も解散となった。

民宿に戻るため、二次会のホテルを出ると、夜空に星がくっきりと出ていて、とてもきれいだった。先ほどの社長さんと「この星空だけで思い出に残りますねえ。来てよかった」などと言いながら、ほろ酔いで歩く。

「僕は明日、関係者の人たちとみんなで熊野観光をするんですけど、●●さんはどうするんですか？」

「私も熊野観光します。でも私は車に乗って一人で回ります」

「そうですか。じゃあ明日、楽しんで！」

そのまま宿に戻り、ロビー（というか居間）で宿のおばあさんと一緒にみかんを食べながらテレビを見て、就寝。


翌日。

イベント関係者と車2、3台で観光地を回っている最中、一人の携帯電話が鳴った。

彼女の顔色があからさまに変わったので、ただならぬことが起こったのは容易に想像できた。

「●●さんの車がトラックと正面衝突して、亡くなったって……」

昨夜の社長さんだった。

どうして……と一同、呆然となる。泣きながら座り込む者もいた。観光は中止。悲しんでばかりもいられない。彼女の親や会社の人たちはまだその事実を知らないだろうし、事後対応を我々で担わないといけない。しかし運ばれた病院の場所を聞いて駆けつけると、病院側は「近親者以外には詳しい説明はできかねる」との対応。「トラックと衝突した」以上の情報は何も出てこなかった。

その後、ご両親と連絡がつき、彼らは夜の飛行機で和歌山入りすることになった。ちょうど自分が飛行機で帰る日だったので、羽田でご両親に会い、簡単な経緯説明をする。その説明を聞いたあと、ご両親は飛行機に搭乗するという段取りをつけた。

帰りの機内では、ただただぼーっとしていた。

「人生、何が起こるかわからない」「いつ死ぬかわからない」とは、言葉としてはよく聞く。その通りだとも思っている。しかしここまで唐突だとは。唐突すぎて暴力的でさえあると思う。イベントや打ち上げ、観光のことはもちろん、死者を弔う情緒さえ吹っ飛ばす暴力。強烈なメメント・モリ体験だった。

そういえば、彼女は一人で観光すると言っていた。ということは、彼女が生前、最後に会話を交わしたのは俺かもしれない。ホテルのチェックアウトでフロントと簡単な言葉を交わすくらいはあっただろうが、会話らしい会話をしたのは……。

羽田に着く。ご両親は、到着ゲートで待っていてくれたので、すぐにわかった。手短に事故の経緯を話した。経緯といっても、結局は「衝突事故で亡くなった」という話しかできないのだけど。ご両親は「そうですか……そうですか……わざわざありがとうございます。大変だったでしょう」と、こちらを気づかってくれた。きっとかなり動揺しているはずなのに。そのとき、ふと考えた。おそらく俺はこの方々と、今後の人生で二度と会うことはない。これが最初で最後の面会だ。それならば、と思い、昨夜たまたま隣になって楽しく会話したことを話した。どれだけ言えたかはわからない。でもきっとご両親は、亡くなる直前の彼女の様子を知りたかったはずだ。

羽田からKさんとタクシー。相変わらず思考は鈍いままである。それでも車中から見る東京の夜景が、多少なりとも心を落ち着かせてくれた。

人間、死ぬときはあっけなく死ぬ。予告なく死ぬ。あらゆる準備が無効化されて死ぬ。

そのことは理屈としてわかっているつもりだったけど、本当にはわかっていなかった。こういう本を書いているくらいだから、折に触れて死に思いをめぐらせることはある。しかし24時間365日考えているわけではない。忘れたり、思い出したり、また忘れたりして生きている。でも死の可能性は24時間体制で稼働しているのだ。メメント・モリとは「自分がいつか必ず死ぬことを忘れるな」という意味のラテン語で、胸に刻みつけている言葉ではあるけれど、死は時としてその言葉を完膚なきまで叩きつぶすくらいの暴力性をともなって現れる。人知の及ばぬ範囲からやって来る。

耳元で怒鳴られる勢いで、そのことを痛感させられた出来事だった。事故の余韻を引きずりつつ、ぼんやりした頭に浮かんだ言葉はこれだった。

もっとセックスしないとなあ。

自分でもびっくりした。

永遠の保留

もう何年も、あるツイッターのアカウントを見てはモヤモヤしている。

相互フォローしているDさんのことだ。Dさんは２０１４年1月を最後に、ツイッターの更新をぱったり止めている。今でも時々、彼のページをのぞきに行くが、更新は途絶えたままだ。


Dさんを知ったのは20年ほど前。俺が福岡の会社を辞め、無職になっていた頃に、ネットで彼の日記を見つけたのがきっかけだった。解散を発表したナンバーガールの久留米大学でのライブで、会場に入れなかった大勢の客（自分含む）が暴動を起こしたことがあって、ふと「あのライブの話を書いてる人、誰かいないかなあ」と思い出し、検索してみたら、Dさんがそのことを日記に書いていた。

見つけたついでに他の日付も読んでみると、カルチャー方面にかなり造詣が深い人だとわかり、以降、巡回先の1つとなった。音楽や映画や文学についてネットに何か書き付けている人は珍しくもないのだけど、Dさんの日記は少し雰囲気が違っていた。その時々の流行の作品だけを追っているわけではなく、その世界で古典とされている作品をきちんと通っているると言ったらいいのか。地盤のしっかりした教養を持っていて、文体も非常に落ち着いていた。日記に書かれた断片的な情報から推測すると、1級建築士の資格を持っていて、どでかいビルや集合住宅の設計をする事務所に勤めているようであったが、どうやら本人はあまりその仕事に情熱を感じていない様子だった。「向いてない」みたいなことも書いていたかもしれない。

俺とDさん、どっちが先だったか忘れてしまったが、ほどなくしてDさんも会社を辞めることになる。俺のほうは結局、3年間、無職を続けた。正確にはフリーランスのライターとして福岡で活動を始めたのだが、ほとんど仕事はなく、週休5日状態だったので、四捨五入すれば無職だった。そしてその間、Dさんも無職だった。いっとき、彼の友人が経営する雑貨屋の店番をしていたが、あまり続かず閉店してしまったので、大枠で見ると無職だった。

自分にとってあの3年間の無職生活は「人生のゴールデンウイーク」だった、と今なら言える。有給休暇がほとんど取れない会社員生活から解放されたし、ゴールデンウイーク中に体験したことが確実に現在の自分の血肉になっているからである。

ある日、Dさんの日記を読んで、「デジオ」というインターネットラジオの文化があることを知った。パーソナリティ同士でコミュニティを形成しているところも含めて興味を持った俺は、さっそくビックカメラでICレコーダーを購入し、自分のおしゃべりをサイトにアップするようになった。それが2004年。ミクシィが登場した年である。そのミクシィを通じてパーソナリティたちと交流するようになり、「こんなに面白い人たちがいる街なら」と2007年に上京して、現在に至る。

つまり、Dさんは自分にとって恩人同然である。本人にその自覚はないだろうが、少なくともDさんの日記を発見していなかったら、俺は現在とはまったく違う人生を歩んでいた。今でもずっと福岡で生活をしていたかもしれない。いや最悪の場合……やめとこ。

無職時代、ミクシィでメッセージを送って、Dさんと飲みに行ったことがある。話した内容はほとんど思い出せないが、「金がないので安い店にしてほしい」と言われたのは覚えている。2人ともあまり酒を飲まないので、居酒屋は早々に切り上げて、岩田屋にあるスタバでおしゃべりをしていた。「Dさんはこれからどうするんですか？」と聞きたい気持ちはあったのだが、年上の人にそれを聞くのは不躾《ぶしつけ》すぎるし、そもそも俺自身がこれからどうするか決まっていない人間だったので、口には出さなかった。Dさんもそういう話はしなかったと思う。

上京後、SNSの主役はツイッターに取って代わられた。そこでもDさんとは相互フォローになり、頻繁に、というわけではないが、気になる話題があるとリプライを送ったりしていた。彼の無職はまだ続いていたが、父親が要介護になったことで、日々の世話をしているようだった。その経験がきっかけになったのだろうか、Dさんは（おそらく父親を看取ったあと）介護職として働きだす。彼のキャラと介護職はイメージ的に結びつかなかったし、「それでやっていけるなら前の会社も辞めていなかったんじゃないか？」と感じたが、もしかしたら母親なり、親戚筋なりからすすめられてのことだったのかもしれない。

自らすすんで選んだ仕事ではない、と感じたのには理由がある。「介護の仕事はやりがいがある」みたいなツイートは1回も見たことがなかったから。一方、「辞めたい」

というツイートは定期的にポストされていた。むしろ日を追うごとに、辞めたい気持ちは切実になっているように見えた。愚痴というより、ほとんど叫びのようなツイートを見たこともある。そしてDさんは介護の仕事を辞め、また無職になった。

Dさんも東京に出てきたらいいのに。つらそうなツイートを見るたびにそう思っていた。東京なら、彼の資質に合った仕事もあるだろうに。それで生活が安定するとは限らないけれども、福岡に居続けるよりはまだ道が開けていたのではないか。

ここまで書いて思い出した。福岡で一度会ったときに、「こんなに引き出しが多いんだから、ライターみたいな仕事をしてみては」と言ったような気がする。記憶の改竄《かいざん》かもしれない。具体的な職業までは挙げなかったかもしれないが、「Dさんは東京のほうが向いている」みたいな話はしたような気がする。俺がDさんにすすめたのがライターなのか上京なのか、記憶が定かではないけれども、「この年齢（30代）だから今さら遅いんだよね」みたいなリアクションをされた感触は記憶の中に残っている。

無職に戻ったとはいえ、ストレスの大きかった仕事から解放されて、とりあえずは心の平穏を取り戻したのかな……と思っていたら。

それから1年後、Dさんは「しかたない」みたいなツイートを最後に、ツイッターを更新しなくなった。ブログも、フェイスブックも、何の更新もない。

最初は何のことかわからなかった。しばらくたってもツイッターが更新されないので、身辺に何かが起こったことは想像できた。ずっと就職しないので、母親や親戚筋からパソコンを取り上げられた。あるいは、返済するあてのないまま借金を抱えていて、ついに家財道具を差し押さえされた。だいたいそんな感じだろうと思って静観していた。自分がやってきたことのツケを払う結果になってしまった。だから「しかたない」のだと。身辺が落ち着いたらまたDさんは近況をつぶやいてくれるだろう。「信じる」ではなく、普通にそう思っていた。

Dさんのツイッターは、1年たっても、2年たっても、そのままだった。

何らかの理由でパソコンやネットが使用不能になってしまったのなら、そのうち戻ってくるはずだ。「リア充になったから、もうネットには戻らない」というタイプではない。ネットでの生活に実存の比重を多めに置いているタイプである、というのはずっと彼のネット活動を見てきた人間として断言できる。なのにネットに戻ってこないということは。

最後のツイートから3年後か4年後か忘れたが、さすがにその頃になると、自死の可能性を考えないわけにはいかなかった。しかし「もしかしたら」が「たぶん」になることはあっても、それ止まり。確かめられないのだから、どうしようもない。

おそらくDさんのネット上の知り合いで、彼の現状を知る人はいないだろう。知っているとしたら、地元の旧友くらいだろうか。数年前、「元気にしてますか?」とDMを送ってみたこともあるが、もちろんレスはない。

あえて「死」という言葉を使うが、こんな「死の受け止め方」があるなんて思ってもみなかった。「生きていた」と喜ぶこともできないし、「亡くなっていた」と悲しむこともできない。ツイッターやフェイスブックのアカウントに代理の人が「●●は亡くなりました」と書き込むのは、今では当たり前の光景となったが、Dさんのようにずっと「保留」のまま、ネットに存在し続けるアカウントもあるのだ。そう考えると、葬式には「死者を弔う」という以前に、「その人の死を認識し、一区切りつける」という機能があるのだと気づかされる。

恩人と書いておいて、その人を死んだことにするのはひどいと思うだろうか。でも死んだことにすら気づかず、なんとなく忘れていくことのほうが、一個の人間としての存在をないがしろにしている、ということになるのではないか。

こう書きながらも、「前田さん、僕のこと勝手に死んだことにするなんてひどくないですか?」というDMが届かないかな……という淡い期待を抱いている。そして、その期待がむなしいことも知っている。いつまでモヤモヤし続けるんだろうな。ずっとだろうけど。

「忘れる」以外にこのモヤモヤから解放される術《すべ》がないのが、とても悲しい。

ここまでが同人誌「死なれちゃったあとで」に書いた内容である。

同人誌は予想外に好評で、渋谷のSPBSという書店でトークイベントを2回やらせてもらった。その2回目のイベントでの出来事。


イベント終了後、お客さんと個別に話をしたり、サインを書いたりしていると、ある女性から声をかけられた。

「私、Dさん……前田さんが書かれていた『永遠の保留』のDさんの知り合いです。今日は前田さんに話したいことがあってイベントに来ました」

少し興奮しているというか、動揺しているというか、うわずりそうな口調を抑えるようにして、その女性……Kさんは Dさんのことを語ってくれた。

Kさんは俺がDさんと知り合う前からの友人だった。彼がもともと何の仕事をしていたかも知っていた（予想と大きく外れてはいなかった）。

彼女もまた、Dさんのツイートが更新されないことに気づいていた。しかし特に心配はしていなかったという。ネットにかまっていられないほど、身辺の状況が変わったのだろう。それくらいに考えていたらしい。

Kさんと俺には共通の友人がいる。その友人が「死なれちゃったあとで」を読み、ネットでDさんのことに思いを馳せていたので、彼女も読んでみたのだという。そこで、「もしかしてDさんはすでにこの世にいないのではないか？」という可能性に気づき、Dさんの消息を調べ始めた。Dさんの地元の友人（彼が一時期、店番をしていた雑貨屋の店主）に聞いてみたが、「もう何年も連絡を取っていない」という。他に何か手がかりはないかと思い、フェイスブックでDさんの人間関係を調べていると、「知り合いかも？」とサジェストされた中に、Dさんと同じ名字の男性がいた。

コンタクトを取ってみると、その人はDさんの甥……兄の息子だった。Dさんはその後どうしているのかと尋ねてみると、彼は「父に確認します」という返信のあと、Dさんが亡くなったことを教えてくれたのだという。どうして死んだのか、彼に何があったのか、とKさんは追加で質問してみたが、それ以降の返信はなかった。

「ただ、Dさんが亡くなった日というのが、最後のツイートをした日だったんです」

そっか。そっかあ…………教えてくれてありがとうございます。

Kさんも俺と同じく、Dさんの文才を高く評価していた。「Dさんは東京に出てきたほうがいいのに」と、ずっと思っていたのだという。きっとそのほうがうまくいっていた。うまくいかなかったとしても、なんとかなってはいたはず。福岡よりも助けになる人間はいるから。二人でそんな話をした。

「私、悔しくて……。前田さんの本を読むまで、Dさんがもう亡くなっているかもしれないという可能性に気づけなかったことが。なんでもっと早く気づけなかったんだろうって……」

亡くなる前に、Dさんとちゃんと関われていたら、もしかして彼は死を選ばずにすんだのではないか。もっとやれることがあったのではないか。抑えていた感情をもうせき止めらないといった感じで、彼女は涙をあふれさせながら、後悔の念を吐露し続けた。

でも。俺はフェイスブックやブログのチェック止まりで、Dさんの消息を尋ねるまでには至らなかった。彼女が消息を尋ねてくれたことで、10年続いてきた「永遠の保留」にケリをつけることができた。Kさんのやったことには意味がある。感謝している。これでやっとモヤモヤから解放されて、Dさんを追悼することができるのだから。

「ありがとうございます。初めてDさんのことを人と話せて、うれしかったです」

そうして話は終わった。話している途中で気がついたが、Dさんのことを他人と話したのは、これが初めてなのだった。そのことだけでも、有意義な時間だった。

ダイス毛さん、生前は大変お世話になりました。僕が東京に行く最初のきっかけを与えてくれたのは、あなたです。あなたの広いアンテナのおかげです。あなたは自分のことをどう思っていたかわからないけれど、あなたのことを知る人はその高い教養や文才を認めていましたよ。10年遅れでかける言葉がこれでいいのか自信ありませんが。

どうか安らかにお眠りください。

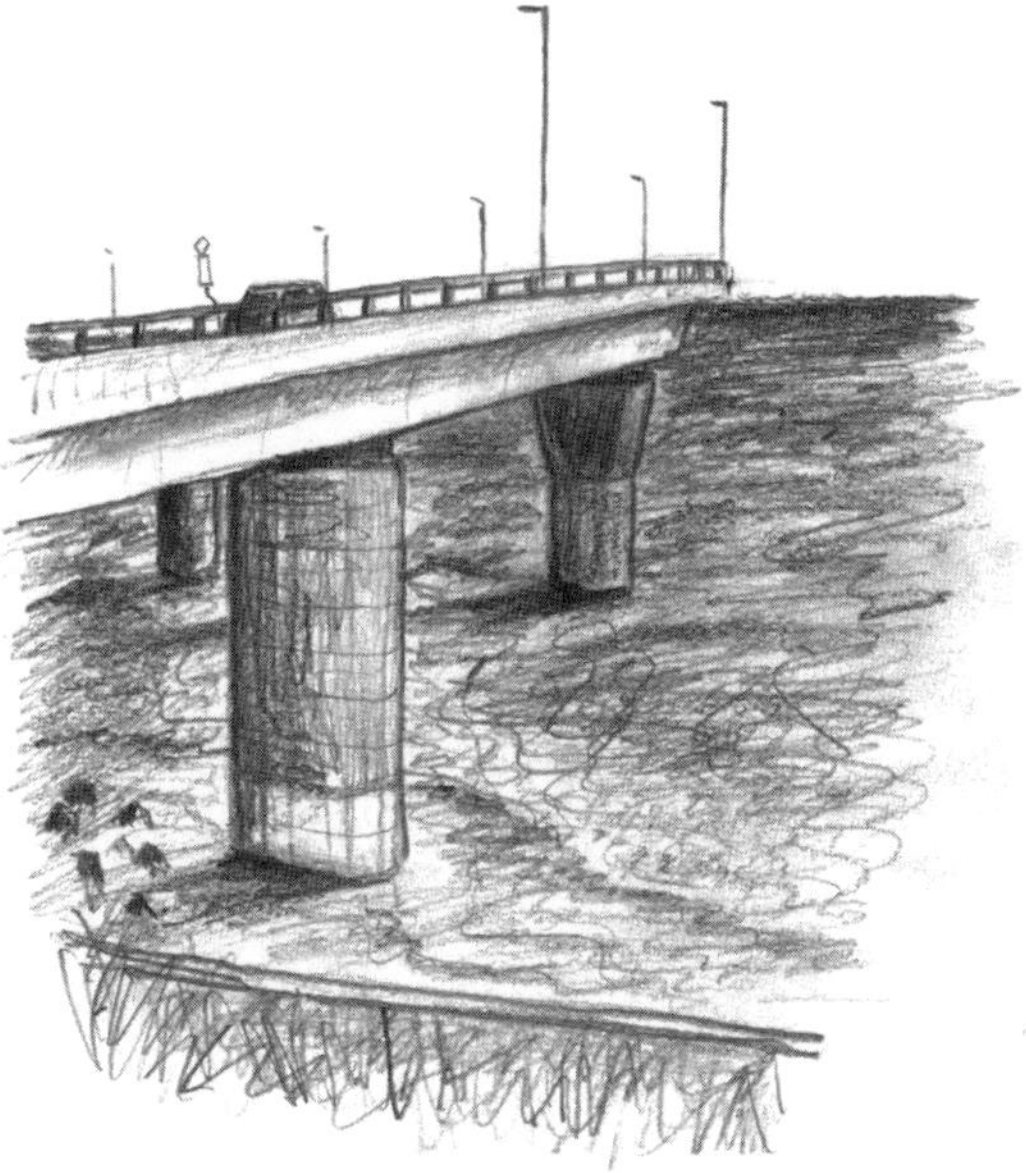

ごめんね

福岡での会社員時代の話。

一緒に仕事をしている、制作会社のNさんの奥さんが亡くなった、と連絡があった。自分が担当している仕事のかなりの部分を、Nさんの会社に発注していたこともあり、Nさんは関係の深い相手だった。それで、同じチームの先輩と仕事を抜け出して葬儀に行くことにした。


行きの電車にて。

「前ちゃん、知ってる？　奥さん自殺だったんだって」

「え……別居してたとは聞いてましたけど」

「そう。それで奥さんがひとりぼっちになって。それでうつ状態になったって」

「いや別居してても、友達とか知り合いとか、普通いるんじゃないですか」

「もともと東京の人なんだってさ。だから友達はみんな東京にいて。結婚して初めて福岡に来たから、こっちに知り合いが全然いなかったって」

「うーーーーん……それはつらいですね」

「ねえ。つらいよねえ」

葬儀場に入ると、喪主であるNさんが申し訳なさそうに立っている。妻を亡くした悲しさはもちろんあるはずだが、申し訳なさのほうが際だっているように見えた。「喪主なのに居場所がない」と言ったらいいのか。遺影からは、育ちの良さそうな雰囲気がうかがえた。「東京の人」という情報がそう思わせたのかもしれないが、しかし物静かな女性という印象ではあった。

それが起こったのは、焼香の時間だったか、あるいは弔辞のときだったか。ただ、葬儀の流れの中で唐突に起こって、驚いたことは覚えている。

亡くなった奥さんの友人と思われる女性が、棺にしがみつき、声をあげて泣き始めたのだ。

「ごめんねえええええええええ、電話に出られなくてごめんねえええええええええ、ごめんねえええええええ！」

半狂乱のような泣き叫びっぷりに、一瞬ギョッとした。友人の叫びはしばらく収まらなかった。もう一人の友人がそばについて肩を抱くような格好をしていたが、制止するでもなく、叫ぶがままに任せていた。Nさんを見ると、叫びを聞きながら、じっと下を向いている。

奥さんは亡くなる直前に電話をかけたのかもしれない。それよりも前、孤独にさいなまれていた時期にかけたのかもしれない。葬儀にかけつけるくらいだから、きっと親友なのだろう。なのに友人が電話に出なかったのは、日々の生活や仕事で忙しかったのか。長年積み上げた関係性ゆえのゆるさで「ま、あとでいっか」と思ってしまったのか。あるいは頻繁に電話がかかってきたことで、親しい間柄とはいえ、ちょっと面倒に感じてしまったのか。理由はどうあれ、とにかくその友人は電話に出なかった。それは責任の一端(どころではないだろう実際は)を感じるだろうし、引きずってしまうよなあ。じゃあ電話に出ていたら、彼女は自死を選ばずに済んだのか。と言われると、なんとも言えない。「その可能性はあった」くらいがせいぜいだろう。

離婚したがっていたのはNさんだし、酒の席で「別居してるんですよ」と話してくれた表情はあっけらかんとしていたから、どのみち復縁する可能性はなかったのだと思う。別居の夫以外に知り合いのいない福岡に、それでも居続けたのは、やはり復縁を望んでいたからだろうか。

「Nさんが悪い」と言ってしまえばそれまでである。だからこそあんなに小さくなって、「悲しみたいけど、堂々と悲しめる立場じゃない」みたいな、なんとも複雑な表情をしていたのだろうが、とはいえ男女が別れることは普通にありうるわけで。愛し合った者同士の絆は、うまくいっているときは太く強くたくましいけれども、うまくいかないときはブチブチブチブチ！とちぎれてしまう……人生の荒波に本当に耐えられる絆って何だろうか。

電話に出なかった友人に自死の責任があるわけではない。しかし「死の責任を感じる責任」くらいはあってもいいだろうな、と思った。もちろん本人はそれ以上の責任を感じているのだろうが。これは友人にとっても一生の傷になるだろうなあ。離婚しようとしていた相手の死って、どういう受け止め方、どういう経年変化になるんだろう。Nさんは今は傷ついているけれども、そのうち誰かと再婚して、過去のことなどなかったように暮らすのかもしれない。だとしても何も悪くないけれど、どこかむなしさは残る。

遺影で初めて見た女性なのに、「どうにかして死を回避する方法はなかったんだろうか」といろいろ考えてしまった。

かかってきた電話に、友人が出られないときはある。ただ、その電話が生き死にを左右するとは思わなかったにしても、奥さんが切実な思いを抱えていること自体は察していたのではないか。そこに「面倒くさい」という感情がなかったと言えるのか。よく「死ぬ死ぬと言ってる人ほど死なないよ」という言葉を見聞きするけれども、ああいうのも「面倒くささの正当化」としか思えない。かといって四六時中、寄り添うわけにもいかない。面倒くささを一切感じたことのない人間なんて、まずいないだろう。

それでも。瞬間的に「面倒くささの壁」を乗り越えないといけない場面というのは、人生のどこかで必ず出現するのではないか。Nさんにしたって、彼女の切実な寂しさを知らなかったはずはあるまい。別居したのをいいことに見て見ぬふりをしてきた、と言われても何も言い返せないはずだ。

原因を本人の外部にばかり求めがちになるけれど、奥さん自身が福岡を離れて東京に戻る決断をしていれば……とも考えてしまう。そうすれば親や友人と直接会える生活ができていたわけで、そこにも大きな分岐点があったように思えてならない。

関わった人々がそれぞれの分岐点を抱えていて、しかし結局、奥さんが死に向かうルートしか選べなかった。それはNさんも友人も、そして本人さえ、「まさかこうなるとは思わなかった」と思っていたからではないか。

葬儀の間、そんなことをぐるぐるぐるぐる考えていた。場にうずまく感情の量も、「どうすればよかったのか」という思考の量も、べらぼうに多い葬儀だった。後方の席でおとなしく座っているだけだったのに、ひどく疲れてしまった。

帰り道。

「なんか……すごいの見ちゃったね」

「すごかったですね。あんなに悲しい葬式、初めて見ました。あの叫び声、めちゃくちゃ耳に残ってますよ」

「俺さあ……もう今日、仕事する気なくなっちゃった」

「僕もですよ。あれ見てすぐ仕事に切り替えるの、無理ですよ」

「前ちゃん……今から飲みに行かない？」

「行きましょっか。じゃあ会社に直帰の連絡しときますね」


あれから20年ほどたつが、あのときの「ごめんねえええええええ！」の声が、今も脳にべったり貼り付いてはがれない。

101まで生きる／生を奪われる

太宰府に住む、母方のおばあちゃん……〝太宰府のばあちゃん〟は101歳まで生きた。

ずっと同居していた父方のおばあちゃんは享年89で、これでも長く生きたほうだと思うのだけど、まさか自分の血縁から100歳越えが出るとは思ってもみなかった。

訃報を母親からのLINEで知ったとき、つい「仕事があるので葬式に行けるかどうかわからない」と返信して怒らせてしまった。すぐに反省して、段取りをつけて参加した。もったいつけている場合ではないのだ。ネットさえあれば仕事はなんとかなるし。「どうせ来ないだろう」と思われてからの登場だったので、葬儀場に顔を出すと、母親は喜んでくれた。

葬儀場では親戚みんな、「101歳まで生きて大往生」というノリで話をしていた。それが100歳越えに対する普通の反応だろう。しかし俺はそのノリにどうも乗っかれなかった。むしろ強い違和感があった。

同居していた父方のおばあちゃんは、おじいちゃんがあまり働かない人だったこともあって、ほとんど一人で雑貨店「前田商店」を切り盛りして家計を支えていた。そのことは「よく働く」だけを意味しない。店にはいろんな客がやって来る。理不尽なことを言う客も来る。怖い客も来る。なにせ昭和の初期から店を始め、終戦直後の混乱期も商売を続けてきたのだ。また、周囲はスナックだらけだったので、夜には悪酔いした客もやって来る。そのせいか、中小企業の社長のようなギラギラ感があり、親戚全体ににもにらみをきかせるビッグマム的な存在だった。誇張した表現をすると、「ラピュタ」に出てくるばあさん（ドーラ）みたいな感じ。おそらく戦後間もない時期だとは思うが、深夜になってもおじいちゃんが賭場から帰ってこないことに怒り狂い、サイコロ賭博の現場（料亭の座敷）に単身乗り込んで、おじいちゃんを連れ戻したという逸話もあるほど。店で無銭飲食した男の腕をねじり上げるのを、この目で見たこともある。

対して、太宰府のばあちゃんは、みんなが「おばあちゃん」と聞いてイメージするような、本当におばあちゃんおばあちゃんしたおばあちゃんだった。いとこの数が多いせいか、俺は高校生になっても母方の親戚から3千円のお年玉しかもらえず、それを見て不憫に思ったおばあちゃんが「それじゃ足りんやろ、これやるけん黙っときんしゃい」と言って、正規のお年玉とは別に、裸の1万円札を握らせてくれたりした。金額もさることながら、そうやって特別扱いをしてくれたことがとてもうれしかった記憶がある。金をくれたエピソードだけでそう思っているわけではないが、優しい人だった。しかしその優しさゆえに、まわりからちょっとなめられているような節があった。

幼少期、盆や正月に太宰府に行くと毎回、「おばあちゃんの扱い、家によってここまで違うのか……」と驚いたものだ。同居していたおばあちゃんは、怖い存在ではなかったものの、周囲からぞんざいに扱われることは決してなかった。しかし太宰府のばあちゃんは、老人らしい、ちょっとにぶい行動を取ると、親戚のおじさん、おばさん、地元のいとこ連中から「何やってんだばあちゃん、じっとしとけ！」と怒られるようなところがあった。そういえば、太宰府のばあちゃんの怒っている姿はほとんど記憶にない。不機嫌になる程度（同居しているおばあちゃんは2日に1回くらい怒っていた）。何か言い返そうとしても、相手から話を遮られてワーッと言われて、そのままフェードアウトしてしまう印象だった。俺が太宰府に行くのは盆正月くらいしかないのに、そういう場面をしょっちゅう目撃していたような気がする。

太宰府のばあちゃんもやはり、昔は商売をしていたが、長男が店を始めてからは、自宅の畑で作った野菜を、春日原《かすがばる》の駅前で売るという生活をしていた。年金もあるし、近所に一族がたくさん住んでいるし、そんなことをせずとも十分に暮らしていけたはずだが、働いていないと落ち着かなかったのだろう。

そんなある日、ばあちゃんが自転車で転んでケガをした。『ALWAYS 三丁目の夕日』の時代からあるような（誇張ではなくたぶんそう）ボロボロの自転車の荷台に、野菜をいっぱい入れた箱をくくりつけて、老人の脚力で漕ぐものだから、バランスを崩し転倒したのだという。命に別状はないものの、血まみれになり、回復にしばらくかかるレベルのケガだった。それで、ばあちゃんの面倒を見ていた次男のおじさんが「もう野菜を売りに行くのはやめろ」と商売禁止令を出し、自転車も取り上げてしまったのだった。転んだケガだけで済んだからよかったようなものの、そのまま車にひかれていたら、とんでもないことになっていた、という理由で。

それから、もともと兆候はあったばあちゃんの認知症が、一気に加速した。

ばあちゃんは毎日、何をやっていたんだろうか。ずっと働き続ける人生を送ってきたから、レジャーを楽しむとか、サークル活動をするとか、そんな〝老後の楽しみ〟とは無縁で、畑仕事（でも売りには行けない）くらいしかやることがなく、きっと退屈だったのだと思う。たまに会うたびに、だんだん物事を忘れていくような印象を受けた。同居していたおばあちゃんも、商売をやめてから認知症が進んだが、太宰府のばあちゃんの場合はそれが顕著だった。うちの母親に聞いても、「あんたもやっぱりそう思うね。私もそう思う」と言っていたので、その認識でそんなに間違っていないのだろう。

正月の間だけ、ばあちゃんをうちで引き取って一緒に過ごしたことがある。それまでは、実の息子の名前は忘れているのに、たまにしか会わない孫である俺のことはちゃんと覚えていて、「ばあちゃんの中で俺の存在は大きいんだな」と自尊心を肥大化させていたのだけど、そのときには俺のことも忘れていて、「お世話になります」とよそよそしい態度に変わっていた。ちょうどその頃、『天才・たけしの元気が出るテレビ!!』のDVDボックスを買ったばかりだったので、ばあちゃんと一緒に見た。「認知症が進んでいるのにバラエティを見て理解できるんだろうか?」と思ったのだけど、エンペラー吉田とジェット浪越のジェットコースターや地震体験車を見てゲラゲラ笑っていたので、「すごい、エンペラー吉田とジェット浪越の面白さは認知症でも通用するんだ!」と感動した覚えがある。

ほどなくして、ばあちゃんは認知症が悪化し、入院することになった。身体的な持病は特になかったが、足腰が弱っていたことも入院を後押ししたのかもしれない。それと前後して、俺は東京に住み始めたので、年に1、2回、帰省するたびに母親とばあちゃんのお見舞いに行くようになった。母親はばあちゃんの畑で野菜作りをするため、たびたび太宰府に通っていたので、数週間から1カ月くらいのペースでお見舞いに行っていたらしい。

そのルーティンが、10年ほど続いた。

入院していても、認知症がひどくなって暴れるような患者は病院から入院継続を断られるケースもあるけれど、うちのばあちゃんはおとなしく、何かされると決まって「ありがとうね」と感謝の言葉を言うので、ずっと入院できている……と母親から聞いた。ほんとかなあ、と思うけど、ばあちゃんがよく「ありがとう」と言うのはほんと。

入院当初は、俺を見てすぐ誰だかわかることはないものの、母親に「ばあちゃん、隆弘たい」と言われると、「隆弘？　ああ隆弘ちゃん、もうこんなに大きくなって」と言ってくれた。目の前の俺のことはわからなくとも、ありし日の俺の面影はかろうじて記憶にあるようだった。

やがてばあちゃんは、「隆弘たい」と言われても、誰のことだかわからなくなった。

ある日の見舞いでは、俺が病室に入っていくと、ベッドから上半身を起こして、「先生、いつもよくしてくれて、ありがとうございます」と深々と頭を下げた。医者と勘違いしているようだった。こういうのは乗っかるしかない。

「いえいえ、私は全然大丈夫ですよ。いつまでも長生きしてくださいね」

「ありがとうございます、ありがとうございます」

と言われ、泣きながら両手で手を握られた。俺もちょっと泣いた。それがばあちゃんと会話らしい会話をした、最後の機会となった。

その1年後のお見舞いは、かなりショックだった。ばあちゃんは鼻に管をつけられ、ゼーハーゼーハーというぜんそくのような呼吸をしていた。体もかなりやせこけて、小さくなっている。俺と母親が声をかけても、こちらを向くことはない。意識があるとはいえ、ばあちゃんの目に世界はどう映っているのだろう。これはもうさすがに長くはないんじゃないか、と思った。その頃には、もう口から栄養を摂取することが困難になってきていて、「胃ろうを選択しますか?」という話が医者から出ていたように思う。

この状態で生命を長らえさせても……というのが、正直な気持ちだった。どんな状態になっても、本人に生きたい気持ちがあればそうさせてあげたいが、もはや意思の確認もできない状態なわけで。胃ろうを決断するのは次男のおじさんではあるけど、母親は胃ろうに懐疑的な意見だった。

お見舞いの帰り、地元でコンビニを経営しているいとこに会いに行った。ばあちゃんが変わり果てていてショックだったという話をしてみたのだが。

「へえー、ばあちゃん、今そんなになっとったい？　ま、もともとお見舞い行ったことないけど（笑）」

「え、●●にいちゃん、お見舞い行ったことないと？　マジで？　1回もね？」

「ないねー（笑）」

　コンビニの店長職が激務だというのは知っている。半休は定期的に取っているけれども、全休の日はあまりないことも聞いていた。いやしかし、10年弱の間、1回もお見舞いに行ったことないって。同じ地元に住んでいるから、距離的には近いはずなのに。ゼロ回。それはもはや愛情ゼロということではないか。1回もお見舞いに行っていないいとこはどうやら彼だけではないらしかった。ばあちゃんをぞんざいに扱う文化は、脈々と続いていたのだった。

「もうこれは長くないな」と俺が悟ってから1、2年、予想を超えてばあちゃんは生き続け、ゼーハー状態のまま100歳を迎えた。そして101歳で亡くなった。胃ろうをしたのかどうかはわからない。たぶんしなかったんじゃないかな。その生命力には素直に驚嘆するほかない。

話は葬式に戻る。

だから「101歳まで生きて大往生」という親戚たちのノリについていけなかった。身体が弱って不自由な状態で、しかも、10年近く入院しているのに、ごく限られた人間しかお見舞いに来ない。101歳まで生きた生命力は本当にすごい。敬服に値する。でも一方で、「そんなのただの数字じゃないか」とも思うのだ。

さかのぼると、自転車で転倒したからといって、ばあちゃんの仕事を即座に奪ったのは過ちだったのではないか。周囲が思っている以上に、行商はばあちゃんの人生の重要な部分を占めていた。あの時点で「生きがいを剝奪された」と言っても過言ではない。「ばあちゃんの体が心配だから」というのは、理解できる。しかしそれで認知症が加速して入院して、わずかな人間しかお見舞いに来ないってなんなんだ。何のための引退だったんだ。

かといって、次男のおじさんを責めるわけにもいかない。長男のおじさんがばあちゃんの世話をなんだかんだで避け続ける中、「うちがやるしかない」とその役目を引き受けたのが、次男のおじさん（夫婦）だったから。ある時期までは、親戚が集まると、「これからばあちゃんの世話をどうするか」という話題が出て、長男のおじさんが「ここでその話をするのはやめろ！」とキレて、きょうだい全員を巻き込んだケンカになる……というのが『毎度おさわがせします』のエンディング並みの定型パターンになっていた。俺の妹の結婚式の日にも、それでケンカしたんだよ。

自転車が危ないなら、三輪車という手はなかったんだろうか。ばあちゃんの就労寿命をもうちょっと長く延ばすことはできたんじゃないか。就労寿命というのは健康寿命にも直結していて……と、今さら言っても仕方ない。仕方ないけど、「生きがいを奪わない」という方向で親戚同士話し合うことはできなかったのだろうか。おじさんが俺の意見を聞き入れる可能性は低いけど、言っておけばよかった。「自転車が危ないなら、三輪車を買ってあげればいいじゃん。なんなら俺が買うよ」って。仕事に限らず、「それがなくなると、自分が自分でなくなる」という習慣や役割は、きっと誰にでもあるのだ。

「自分が選ぶにせよ、運命がわれわれを強いるにせよ、隠退して自分の仕事——われわれをしてわれわれたらしめる仕事——を放棄することは、墓へ降りることに等しい」

（ボーヴォワール『老い』）

突然のボーヴォワール。「100分de名著」でたまたま見ただけです。でもやっぱりそれは人生の真理なのだと、番組を見て確信した。

「ばあちゃんの生きがいを奪ったのではないか」という後悔の念は母親にもあったようで、「私のときはなるべく自由を奪わないでほしい」と言われた。そうだよね。そうします。

生きがいを奪ってしまったこと。多くの親戚が見舞いにも行かなかったこと。それでいて101という数字に乗っかってすべてをチャラにして、イノセントな気分でいること。葬儀場でも火葬場でも、苛立ちを持て余しながら過ごしていた。

「生きがいを優先させるか、長生きを優先させるか」というでっかい問い。

「今後、その問題に直面したときはどうすべきか」という課題。

ばあちゃんはそういったものを、ほい、隆弘ちゃん、と俺に預けて世を去った。昔、俺にだけ特別に1万円札を握らせてくれたみたいに。


ところで。

葬式には、近年まれに見るくらい、かなりの親戚が集結した。そこで生まれて初めて会ういとこさえいたくらい。せっかくの機会なので、ばあちゃんの棺の前に並んで、全員で記念撮影をすることになった。

しかし。次男のおじさんが持っていたのは、たいしたことない系、いつのだよ系、iPhoneに余裕で負ける系のデジカメだった。照明は棺と遺影のところだけ当たってい て、みんなが並んでいる手前の部分には当たっていない。しかもたいしたことない系のデジカメを渡された葬儀屋のおっさんは、「とります、とります、とります」とモニタで確認もせず、ものの10秒ほどで撮影を完了してしまった。

あれでちゃんと写っているはずがない。言ったほうがいいだろうか。これだけ親戚が集まる機会はもう二度とない。絶対にない。葬式は終わっているので、まごまごしていると、帰ってしまう人が出てくる。どうせ後悔するに決まっているなら、やっぱりおじさんに言おう。

「ちょっと待って。たぶん今のだとちゃんと写ってないから、入口の階段のところに並んで、もう1回撮ろうよ。階段は明るいからちゃんと撮れるはずだし、もうこんなにみんな揃うことは……」

「大丈夫、大丈夫。さっきので撮れとる。何枚も撮ったっちゃけん」

適当にあしらわれてしまった。

後日、母親に聞くと、集合写真でまともに撮れていたものは1枚もなく、おじさんは怒り狂って葬儀屋にクレームを入れたらしい。

人生はまだ動いているわけだから

２０１７年の1月。倉敷の病院に入院していた危口《きぐち》さんのお見舞いに行った。

危口さんというのは、劇団「悪魔のしるし」主宰の危口統之《のりゆき》さんのこと。演劇と聞いてイメージする、劇場で行われるタイプのものよりは、「搬入プロジェクト」「歌舞伎町百人斬り」のようにパブリックスペースでのパフォーマンスのほうが代表作に挙がることが多い。

２０１６年10月、その「歌舞伎町百人斬り」に俺も参加した。刀を持った危口さんに参加者たちが次々に斬られて路上に倒れ込むというパフォーマンスである。手ぶらでやってきて斬られる参加者も多い中、俺はおもちゃの刀を持って参戦。ひとしきり殺陣《たて》っぽいことをやったあと、派手に殺され、自分でも満足のいく死にっぷりだった。百人斬りを達成したあとは、倒れていた人々がゾンビのようにむくりむくりと起き上がり、危口さんとともに「また逢う日まで」を合唱して終わり。楽しいイベントだった。そのとき、「危口さんの声、ずいぶんかすれているな」とは思っていたのだが。

その年の12月。

危口さんは「疒日記（やまいだれにっき）」というブログを立ち上げ、そこでステージ4の肺腺がんであることを公表した。かなり進行したものらしく、どうやら本人も死をかなり意識していることが文章からうかがえた。すでに日吉のアパートを引き払って、故郷の倉敷で入院しているらしい。

それを突然、ブログで発表したものだから（ネットニュースにもなった）、12月はお見舞いの申し込みが殺到したらしい。お見舞いの日程調整ばかりに時間を取られることを、ブログで本人が愚痴っていた。「これではまるでスタジオの予約受付係だ」と。お見舞いに行ったら危口さんに怒られて、泣いて帰った人もいるという話を関係者から聞いた。

「疒日記」につづられた危口さんの文章は、どれも読みごたえのあるものばかりだった。本人は苦しんだり悩んだりしているのだけど、そんな自分をもう一人の自分が冷静に観察して文章にしている。そんな日記だった。中でも強い印象を残したのが、「デクノボー」という題の日記である。

みんな、もちろん僕自身も含め、自分がデクノボーであることに耐えないといけないと思う。

「危口が病気になった」「重い病らしい」「実家に帰るらしい」「しばらくは入院らしい」「足腰も弱って歩けないらしい」「何かしてあげられることはないか」

ないのだ。

（「疒日記7「デクノボー」」より）

がんを公表して、危口さんのもとにはたくさんの人から治療法や生活についてのアドバイスが届いたという。読み切れないほどの書物も。その量は、本人が処理できるレベルをはるかに超えていたという。

処理しきれないアドバイスや書物は、もちろん送り主の善意によるものである。しかし一方でそれは、相手の処理能力を無視して、「なんとかしてあげたい」という己のエゴを優先させた行ないでもある。病人が病人として向き合わなければならないものがあるように、関係者は関係者として向き合わなければならないものがある。

それが「デクノボーであること」だと危口さんは言うのだ。

もともと本質を突く物言いをする人であったが、病を抱えたことでますますその言葉に磨きがかかっているように思えた。自分もお見舞いに行きたいが、「いかにも病人にかけるっぽいお見舞いの言葉」は、彼は望んでいないだろう。そのハードルの高さを承知の上で、それでも彼に会いたいと思っていた。

そんな折、俺が城崎《きのさき》温泉の城崎国際アートセンターに取材に行くことになった。と決まったと同時に、帰りに危口さんのお見舞いに行くことを決めた。お見舞いが殺到した時期からしばらくたっていたので、ちょっと落ち着いているだろうと思ったのと、あとはありきたりだけど、しかしありていに言うと、「このタイミングを逃したら、一生後悔しそうな気がする」と思い、行くことにしたのだった。

日ごとに病状が変わるだろうから、倉敷に行ってみて無理そうだったら見栄えの良さそうな場所をぶらぶら散歩して帰るか、くらいの気持ちでいたのだけど、ＬＩＮＥで連絡を取ったら大丈夫だという。

どんな顔をして会えばいいのだろう……と不安に思ったりもしたのだが、会ってみると、思っていたよりも落ち着いた状態だった。たしかにやせてはいたけれど、「別人のように」というほどではなかったし、あとは声音が変わっていたくらいで、わりと普通に話せる感じだったのでホッとした。ステージ4で、死期が迫っているのは変わらないのに、この「ホッとした」という気持ちはなんだろう？

前日、城崎国際アートセンターに行ったこと、ロビーの柱に、施設を訪れたクリエイターたちがあれこれサインを描いていて、そこに危口さんが描いた「悪魔のしるし」のロゴを発見したことを話した。温泉街なので、夜の街を歩いていると、浴衣姿で手をつないで歩いているカップルがあちらこちらにいるのが妙に気になった。われながら浴衣のカップルくらいで何をいまさら驚くことがあるのかと思うが、都会でカジュアルな服を着たカップルが歩いているのと違って、浴衣で手をつないで歩いているのは「さあ、温泉にも入ったことだし、宿にもどって一晩中セックスしますぞおおおお！」というテンションが丸出しの生々しさ、事実上の前戯がすでに始まっている感じがあって、どうも見ちゃおれん、という中学生じみた話をしたら、

「わかる、『お前らどうせ夜は別のものを握るんだから、今からそんなにずっと手を握ってなくてもいいだろ』って思う」

と言ってきて、二人でハハハと笑った。ちょっと驚きもした。危口さんは下ネタをほとんど言わないタイプで、実際にそれまで聞いたことがなかったし、それどころか彼の前で下ネタを言うと機嫌が悪くなるという話さえ耳にしたことがあったので。

危口さんはマンガ読みでもあったので、「さいきんマンガ読んでる?」と聞いたら、「いや、もうこういう状態なのですっかり読まなくなった」と言う。「そうか、じゃあキン肉マンも……」と言いかけたら、パッと顔色が変わって、「キン肉マンは別。月曜日の更新をたのしみにしてる」とかぶせてきた。

ちょうどその頃、悪魔超人と完璧超人の抗争のクライマックス、悪魔将軍とストロング・ザ・武道の試合が始まったばかりなのだった。どうなるかねえ、たのしみだねえ、

などと他愛もない会話をしていたら、「まえさんの話が聞きたい」と言ってきた。俺はまえさんのことを断片的にしか知らない。どういう人生を歩んできて、なんで東京で今の仕事をしているのか。そういう話が聞きたい。友人ではあるけれど、面と向かって自分のことを知りたいと言われるのは、ちょっと照れくさかった。でもうれしかった。そういや、サシで話すのは、これが初めてだ。

話した。

話していると、「おなかがすいた」というので、城崎温泉のおみやげに買ってきた大福を二人でわけて食べた。緩急をつけながら、ストーリー仕立てで話していたつもりではあるが、それでも話は長くなる。途中で姿勢を変えて体操座りをしたときに、(同じ姿勢でいるの、けっこう苦しいんだろうな)と思って、「俺ばっかり話してるけどいいの？　しんどいなら遠慮なく言ってよ」と言うと、「聞きたい、もっと話して」と言われた。でもこんな感じで話せるのはきっと最後だろう、という予感もあった。

もっと話した。

話し終わったときには、12個入りの大福はなくなっていた。行き当たりばったりの人生で、これからも本当にどうなるかわからない、と自分なりの編集後記的なことを言ったら、危口さんはしばらく考えて、「まえさんはそうやって、自信がないみたいなこと言うけど、」と感想を言ってきた。

「本当は、根底の部分では自信を持っていると思う。不遇な時代のときでも、『俺だったら他のやつより絶対にうまくやれる』と思っている。それが語り口の端々に表れてた」

と言って、具体的に俺が過去の話をしていたときの言い回しを例として挙げながら、論理的に説明してきた。それはもう図星としか言いようがなく、恥ずかしくて苦笑いしたのだけど、しかしそれだけ集中して俺の話を聞いてくれていた、ということだ。実際は「観察」に近いのかもしれない。決して楽とは言えない体調の中、それだけの洞察力を発動してくれたことが、とてもうれしかった。

お見舞いの時間って、どれくらいが適当なのだろう。この時点で1時間は超えていたと思う。ふと気になって、さっき「お見舞い　時間　目安」で検索したら「15分が目安」と出てきて、今さらながら青ざめた。すみません。でも、これは感覚的な話なのだが、目に見えない「おしゃべりアトモスフィア」みたいなのがあって、要するにそれは「まだおしゃべりしたい」という両者の気持ちによって醸成される空間で、それがあると2時間でも3時間でも平気である一方、それがないと1分でも長く感じる、そういう空気なのである。で、話したい空気がまだ場に残っているから、もうちょっといいのかな、と思っていたら、

「まだ公表してないんだけど、公演をやろうと思う」

と言われた。がんを公表したときから、俺はそうしてほしいとずっと思っていて、しかし病状的にとてもそんなことをする余裕はないのだろう、とも思っていたので、「やってほしかった、すごくたのしみ」と言った。

まだ中身は構想中だけど、3月に倉敷でやれないかと思っている。ただ心配なのは、

自分の病気によって作品の評価が神輿に上げられてしまいそうで、それがいやだと。病気のことと作品の評価は、切り離して考えられるべきものだと。それはとても彼らしい言葉で、そういう誠実さがとても好きなのだけど、俺は正直に「俺もそうあるべきだと思うけど、それを完全に切り離して考えられるほど、みんな強くないかもしれない」と言った。そうかもしれないねえ。

そんな話をしながら、俺がこの病室に来たときからずっと気になっていたことを聞いた。

「ここに並んでる本って、人生のベスト本みたいなものなの？」

ベッドの脇には十数冊の本が並んでいた。人生の残り時間をともに過ごすために選んだ本なのではないか、と思ったのだ。

余命を悟った人間を目の前にして、堂々と聞ける質問ではないことは承知している。けれども、彼が何を考えてその本を選んだのかとにかく知りたかったし、うまくは説明できないけれど、瞬間的に（聞くなら今しかない！）という間があって、それで好奇心まるだしでもなく、センチメンタルな感じでもなく、つとめてフラットに聞いたのだった。

「最初はそうしようと思ってたけど……でも、それだと自分で自分の人生を止めてることになるなと思って。人生のベスト本を選ぶということは、『自分の人生はそこまでだ』と自分で規定することになってしまう。自分の人生はまだ動いているわけだから、そういうことじゃないなと思って。今は公演をやろうと思ってるから、その構想を考えるための本を持ってきて、神話なんかを読み返してる」

良い答えを聞いた気がした。それは「その日、その時点での回答」にすぎないかもしれないけど、それでもその質問をして良かったと思った。

病気に対しては、デクノボーであるしかないのかもしれない。でも表現者としては、自分の人生に対しては、まだ見切りをつけてはいない。ギリギリの状況にあっても……いやギリギリの状況だからこそ、かもしれないけど、危口さんは誠実に物事に向き合い続けている。「危口統之」という人間の輪郭が、よりくっきりと見えた。

そうこうしているうちに、妹さんが病室にやってきた。そろそろだな、と思って帰り支度をしながら、「じゃあ、3月にまた倉敷に来るね」と言った。病室を出る間際、

「どんな作品になっても、俺は正直に感想を言うから。だめだと思ったら容赦なく酷評するし」

と軽口まじりに言うと、危口さんは

「じゃあ俺は、開演前に『僕はがんで余命わずかでして』と言って観客にプレッシャーをかける」

と言って、不敵な笑みを浮かべた。

それが自分の記憶の中にある、最後の危口さんの姿である。

2017年3月17日、危口さんは42歳で亡くなった。

彼の原案による公演「蟹と歩く」の開演8日前のことだった。

天国からの着信

２０２０年、コロナ禍の初年度。感染者こそ少ないけれど、世の中が一番コロナにビビっていた年。その夏、福岡に住んでいる親戚のおじさん——父の妹の夫——がコロナに感染し、秋に亡くなった。

世間と同じく、自分もまたコロナに戦々恐々としながら当時は過ごしていた……というのは大げさではなく、環境の変化によるストレスで円形脱毛症になったりもした（人と会わない時期で助かった。Ｚｏｏｍだと後頭部は見えない）。とはいえ、感染者数も死亡者数も、のちの感染爆発から考えるとまだまだ多いとは言えず、感染して亡くなるのはどこか「テレビの中の出来事」のような非現実感があった。非現実的だからこそ、当時は感染者に対する周囲の扱いに「ケガレ」、もっというと差別的な感情が混じっていたのだろうが。

だからおじさんがコロナで亡くなったと聞いたときは、ショックと同時に「自分の身の回りで現実にそんなことが起こるんだ」という驚きがあった。

おじさんには、定期的に会っている学生時代からの友人がいた。その友人との久しぶりの会食で、おじさんは感染した。当日、友人にはすでにせきと熱の自覚症状があったという。なのに会食にやってきたのは、おじさんと会うことをよほど楽しみにしていたのか。それとも彼にとってコロナはやっぱり「テレビの中の出来事」で、「まさか自分が感染することなどあるまい」とたかをくくっていたのか。

おじさんの感染とほぼ同時に、おばさんといとこが家庭内感染する。二人はそれぞれホテルで隔離療養することになった。しばらく高熱に苦しんだものの、二人とも無事に回復。やっとホテルから出られるようになったタイミングで、おじさんが重症化して大学病院に入院、ずっとECMOを装着していると初めて知らされたのだった。

二人はたびたび大学病院に足を運んだ。しかしおじさんはコロナ感染者で、しかもICUで治療中のため面会謝絶。二人はICUの仕切りの外から、ECMOを着けたまま横たわるおじさんを眺めることしかできない。直接話はできないものの、アイコンタクトでリアクションすることはたびたびあった……と、ずっとあとになってその話をするときのおばさんは、どこか声が弾んでいるように聞こえた。重病のさなか、しかも直接コミュニケーションが取れない状況にあっても、おじさんと意思疎通ができたということが、きっとうれしかったのだろう。遠方に住んでいて、病院に来られない娘や孫とも、iＰａｄを通してコミュニケーションを取っていたのだという。

医師から病状の説明を受ける中で、おじさんが実は糖尿病に罹患していたとおばさんは知った。

「ご主人、糖尿病の治療をされてますよね？」

「いや、そんなことないですよ。たしかに『糖尿病になりかけている』と主人は言ってましたから、数値はよくないんだとは思いますが、まだ糖尿病にはなってないはずです。だって、薬を飲んでいるのを見たことありませんし」

「いや、実際に投薬治療をされていた形跡がありますよ」

治療中であることを隠していたのだった。

糖尿病ってほら、生活習慣病だから、「だらしない人がかかる病気」みたいなイメージ持たれがちじゃないですか。おじさんはその知識、経験、リーダーシップで家族を引っ張っていくタイプの男性で、それゆえに「頼れるしっかり者」というセルフイメージを傷つけたくなかったんじゃないかな。プライドの高い人ではあったし。

ＥＣＭＯの使用期間はかなり長かったらしく、大学病院の最長記録を更新したという。ＥＣＭＯというのは肺の呼吸機能を代替させる装置で、ＥＣＭＯに呼吸をやらせている間に、肺を休ませて機能を回復させる目的で使われる。

「それがね、ずっーーとＥＣＭＯを使っても、肺の白いところがいっちょん元に戻らんとよ」

毎日、気を抜くと涙が止まらなくなる日々を過ごしながら、二人はそれでも回復する可能性に賭けていた。毎日神社に参拝し、願掛けもやったらしい。とにかくできることをやり続けた。

それだけ精神が不安定な時期に、感染源の友人がコロナから回復し、いつも通りの日常生活を送っていると聞いたときは、二人とも複雑な思いにかられたらしい。いとこは「あいつのせいだ」とむき出しで怒っていたし、おばさんも素直に回復を喜べないところがあったという。

おじさんの肺の機能はずっと回復しないままだった。
「もうこれ以上、できることはありません。覚悟してください」
そう医師に言われた3日後に、おじさんは息を引き取った。

コロナ感染で亡くなるということは、通常の葬儀も執り行なえないことを意味する。亡骸《なきがら》にすがって泣く暇もなく、遺体は検体に回され、葬儀はあと回し。検体が済むと今度は最優先で火葬される。もちろん納体袋に入れられたままで。二人はおじさんの顔を見ることもできなかったはずだ。

おばさんといとこは悲しみに暮れながらも、火葬と葬儀の段取りをつけようとする。しかし地域の葬儀屋からは「うちではコロナのご遺体は取り扱っていません」とストレートに断られる。ならば大手の葬儀会社なら……と連絡してみると、「遠いので」と無理くりこさえたような理由で拒否されてしまった。

こうやって書いているだけで、おばさんのつらさを追体験する気持ちになる。親戚を見回すと、熟年離婚や家庭内別居の夫婦もいる中、おばさん夫婦はだんとつで仲が良かったから、その喪失感は察するに余りある。コロナ感染死って、二重三重四重の苦しみを受けるんだな。

結局、葬儀はお寺で行なうことになった。「地域外の移動は自粛せよ」と言われていた時期だったので、参列者は10名いるかいないかくらい。「そういうご時世」なので、友人・知人関係は呼ばれなかった。俺も参列しなかった。関東に住むおじさんの末っ子の娘夫婦は、他人との接触を避けるため車で福岡入りして参列したと聞いた。

目の前のバタバタが過ぎ去ってようやく一段落した、ある夜。

おばさんは仏壇の前に座って、おじさんに自分の気持ちを話していた。引っかかっていたのは、おじさんの友人のこと。彼の不注意――自覚症状があった上で会食したわけだから完全に不注意だろう――で、おばさんは人生最大の悲しみを経験してしまった。

「わたし、やっぱり許せない」

おばさんがずっと押し殺していた本音を口に出してつぶやいたとき、プルル、と家の電話が鳴った。一瞬だけ。

びっくりして着信履歴を見ると非通知。すでに深夜0時を回っている。こんな夜中なのに？　非通知で？

「わたし、そのとき直感でわかったんよ。お父さんが『もう許してやってほしい』って伝えてきたんだなって」

こういう不思議な話は本当に起こりうる、と俺自身は思っている。それでも、「そんなのただの偶然」と思う人だっているだろう。何か気まずい思いのある人、疎遠になっている人が、非通知でかけようとしたけれども、「やっぱりやめておこう」となって切った可能性も、十分ある。

何より肝心なのは、その着信でおばさんが「エネルギーの何割かを友人を恨むことに使い続ける人生」を捨てた、ということだ。

電話が鳴ったのは偶然かもしれない。でもそれを聞いたおばさんがおじさんからのメッセージだと思ったということは、心の奥底では「恨み続ける自分から解放されたい」という気持ちがあったのかもしれない。「お父さんはきっとそういう大きな心を持った人だ」という思いもあったのかもしれない。

その一件だけで恨みがすべて消え去るほど、彼女の受けた痛みは生易しいものではないだろう。それでもおばさんは友人への恨みに、一つの区切りをつけることができた。心を他人への憎しみに使うのではなく、自分の人生を生きる方向に、舵を切った。

これがもし、あのタイミングで電話が鳴っていなかったら、どうなっていただろう。結局はどこかの時点で、同じ選択をしていたのかもしれない。だとしても、その境地に至るまでの時間はもうちょっと長くかかっていたのではないか。

そう思うと、鳴らしたのが誰であれ、あのタイミングで電話が鳴ったのはまぎれもなく奇跡だと言っていい。やっぱり何か不思議なものが作用してるんじゃないかね。

3時間に及ぶおばさんとの電話を終えて思ったのは、そういうことだった。いとこは今でも恨んでいるらしいですが。若いうちはそれでいいんじゃないの。

気づけなかった記憶

2022年の年末、インタビューの合宿に参加した。

長いことインタビューを生業にしてきたのにこのタイミングで参加したのは、いくつか理由がある。フリーランスになって10年余り、インタビューもかなりの本数やってきたけれども、経験を重ねることで、かえって自分の中でパターンが出来上がってしまっているような気がしていた。インタビューをやっていると言っても、その大半は何かのプロモーション取材で、媒体が入れ替わり立ち替わりする中、じっくり話を聞けない場合も少なくない。インタビュー中に担当者から「あと●分」というボードを常に見せられながら話すこともしばしばある。それで「実は本当にじっくり話を聞く経験は、自分が思っているほど多くはないのでないか」と思っていた。なにより、対話に興味が芽生えていた。最初のきっかけは、映画『プリズン・サークル』を見たことだったかもしれない。それから『まんが やってみたくなるオープンダイアローグ』を読んで、オープンダイアローグに興味を持ち、同じく興味を持った人同士で、定期的にオンラインでオープンダイアローグをやるようになった。時系列では合宿のあとになるが、斎藤環さんや、『プリズン・サークル』に登場していた臨床心理士・毛利真弓さんのワークショップに参加したこともある。要するに、取材記事にするためではない、人間と人間の対話の可能性――あらかじめ用意された答えの受け渡しではなく、対話を重ねるうちに話し手の内面に変化が起き、本人が思ってもみなかったような言葉が出てくるようなもの――をもっと模索してみたい、という思いが芽生えていた。

合宿は、全国から集まってきた参加者（8名、うち1名は直前で病欠）たちと、全員揃っての朝食（めちゃくちゃうまい）のあと、朝のワークショップを2時間半。各自で自由にとる昼食（売店のパンうまい）のあと、昼のワークショップを3時間。全員そろっての夕食（めちゃくちゃうまい）のあと、夜のワークショップを2時間半。これを4泊5日の日程で行なう。部屋に戻ってもゆっくりする時間はあまりなく、ノートを見ながらその日のふりかえりをしたり、気づいた点を書き足したりしていると、あっという間に深夜になる。ぐっすり眠るほどの時間もないまま、朝起きてすぐ朝食（めちゃくちゃうまい）……といったスケジュールで毎日を過ごす。

合宿で学んだことの詳細は省くが、質問する以上に「聞く」に集中することを意識してやっているうち、3日目あたりから変化を感じるようになった。その頃になると、座学というよりは、組み合わせを変えながらいろんな人とインタビューを重ねていく、ということを繰り返していたのだけど、自分が話し手に回ったインタビューで、それは起こった。

どういう状態が一番「自分が自分である」と実感できるか、みたいなテーマで話していたと思う。俺は小学4年生の頃、『遠山の金さん』ブームの影響で「まえさん」というあだ名をつけられて、中学でも高校でもそれで通した。一部の先生や先輩からもそう呼ばれていた。自分にとって「まえさん」は、「前田」を超えてアイデンティティのよりどころとなっている……と気づいたのは大学に入学したとき。自分のことを知っている者が1人もいない環境で、自然に「まえさん」と呼ばれることはない。呼ばれるためには周囲にそうお願いする以外に方法はない。いらぬプライドを厚めに盛っていた20歳の自分にとって、それはあまりにも子供じみていて恥ずかしい行為だった。大学で友達があまりできなかったのは、それも一つの理由としてあると考えている。

だから、新卒で入社し、新入社員研修が終わったあとの打ち上げで、同期の連中に「これから俺のことは、まえさんと呼んでほしい」と頼んだ。その場で他の同期のあだ名も決めたのだが、決めた翌週からさっそくあだ名で呼ばれなくなる同期もいる中、結局最後まで生き残ったあだ名は「まえさん」だけだった。親しい先輩たちもそれにならって「まえさん」と呼ぶようになった。ということは、この名前は自分が慣れ親しんでいるだけでなく、他人から見ても自分の風貌・キャラとぴったり合っているのだろう。

という話でインタビューを終え、聞き手・話し手それぞれが気づいた点をノートに書く。そのあとで、ノートを突き合わせながら二人でふりかえりをする、という段取りだった。ところが、ノートがまったく書けない。インタビューが終わっても記憶の扉がどんどん開いて止まらなくなった。しまいには、ぽろぽろと涙がこぼれてきた。

「まえさん、そろそろさっきのふりかえりしましょうか」

と言いかけた瞬間、相手は俺の様子を察してくれた。

「もしかして、まだ話したいことある？　ふりかえりやめて、さっきの続きしようか？」

こんな話をした。

大学時代の後輩Dの葬儀が終わって、1～2週間ほどたった日。Nちゃんからメールが送られてきた。それはDが死ぬ1週間前に彼女に送られてきたメールで、実質的な遺書のようなものだった。そのメールは、性生活まで含めて、あまりに赤裸々に書かれていることもあって、彼の両親には見せていないという。でも彼女は「前田さんには見せておくべきだ」と考えて、転送してきたのだった。

今までの楽しかった思い出の数々。赤裸々な性描写。自分のふがいなさに対する自責。そういったものがおそらく1万字はあるであろうボリュームで書かれていた。「もう一度、あなたと生活したい」という言葉で締めくくられていたそのメールの中に、俺についての記述があった。死ぬ前の月に、二人で心斎橋を歩いたときの話だった。「まえさんと、初めて心斎橋を歩いた。まえさんは『ゴ』とプリントされたゴリライモのTシャツに興味津々で、とても買いたそうにしていた」

そんな感じの記述。その記述が「まえさんという名前のアイデンティティ」の話と、脳内で結びついたのだ。大学では誰も自分のことを「まえさん」と呼んでくれなかった。だからずっと寂しい思いをしていた。と思っていたら、1人だけいた。面と向かって言ってはくれなかったが、Dの心の中で俺は「まえさん」だった。インターネットのアカウントが「まえさん」だったからだろうか。過去のエピソードを語るとき、叙述的に説明するのではなく、「そのときの会話やリアクションをまるごと再現する」という演劇的なやり方をよくするので、その会話の中で、「まえさん」が出たのかもしれない。

記憶の奥底に眠っていた話ではない。「大学時代にまえさんと呼ばれなかったこと」「Dの遺書の内容」もそれぞれすぐに引き出せる記憶だ。ただ、それぞれ個別に存在しているだけだった。それがしっかりと連関していることに、インタビューされて初めて気づいてしまった。大阪でDだけが「まえさん」と呼んでくれていたこと。そのことに長い間、気づけずにいたこと。その思いがこみ上げてきて、涙があふれ出たのだ。俺も泣いていて、聞き手も泣いていた。

それが3日目の午前のセッション。昼食(売店のパンが本当においしかった)のあとの午後のセッションで、自分でも予想しない変化が再び起きる。

相手を変えてのインタビューで俺が話し手をやっているときだった。「コロナ禍で人と話す機会がすっかり減ってしまって、なんだかそれが当たり前のように感じてきているが、実はもともと自分はおしゃべりが大好きな人間だった」みたいな話。

今ではインタビューを生業にしているけれども、そのルーツは大学の研究室での聞き取り調査にある。当時、研究室全体のプロジェクトとして、「大阪の野宿者の実態調査」というのがあった。野宿者たちが、どういった経緯で大阪にやってきたのか。どういう仕事をしてきて、いつごろ失職してしまったのか。今はどんな生活をしているのか。郷里に家族はいるのか。などを一人一人に聞き取りして研究室全体で報告書としてまとめる。それを行政に提出して政策に役立ててもらう、という趣旨のプロジェクトである。

夜の天王寺に集合して、2人一組で声をかけ、聞き取りをやっていく。聞くべき項目は決まっていて、バインダーに挟んだ質問用紙に回答を記録するという手順だった。先に調査を始めたペアを見ていると、「調査のご協力をお願いします」と声をかけて、「年齢はいくつですか?　出身はどちらですか?　ご家族はいますか?」などと、一問一答式で矢継ぎ早に質問している。別の組は1つ調査を終えて戻ってきて、担当教授に「聞いてください、すごい人なんですよ!　俺はこう見えても実は1億円の資産を持っているんだ、って言ってて。そんな人、本当にいるんですね!」と興奮した声で報告している。

ちょっと違うでしょ、と思ったのだ。いきなり声をかけて一問一答式で問いかけてくる、ある種乱暴な相手に対して、「この人は自分に関心がある」と思えるだろうか。1億円の話は、いきなり身ぎれいな女子学生が声をかけてきたことで、「バカにされたくない」と見栄を張った結果なのではないか。そんなことを考えていて、ある方法を思いついた。

「俺が一人で話を聞く。質問用紙は見ない。会話をしながら、その中で聞いていく。順番はバラバラになるかもしれないけど、お前は当てはまる項目に書き込んでいってくれ。抜けている項目があったら、話の後半で教えてほしい」

調査のパートナーにそう頼んで、声をかけ始めた。咄嗟《とっさ》の思いつきではあったけれども、うまくハマった。それぞれの項目について、ちゃんと具体的な話を聞くことができた。と言いつつ、その内容はほとんど覚えていないのだが、突然、姿勢を正して深々と土下座されたことだけは、はっきり覚えている。

「聞いてくれて、ありがとうございます」

話を聞いたくらいでそんな大げさな……と思ったのだけど、つまりそれだけ自分の身の上話をじっくり聞いてくれる相手が（野宿者仲間以外に）ずっといなかった、ということなのだろう。

これも記憶の奥底にある話ではない。たまに話すことはある。ところが、インタビューされているうちに、思考がその先へ進んだ。

他の調査ペアのやり方に疑問を持ったとはいえ、なぜいきなり思いついた「話をしながら必要項目を聞いていく」というやり方をためらいもせず、ぶっつけ本番で実行できたのか。

おそらくDとの、度重なるファミレスでのおしゃべり経験がそうさせたのだ。

居眠りもせずに、朝までノンストップでしゃべり続けるという経験を重ねたことは、知らず知らずのうちに、自分の中である種の自信を形成させていた。12時間しゃべり続けていたら、ランチタイムに「もう出て行ってくれ」と店員から追い出された経験さえ、勲章のような思い出となっている（追い出されても場所を変えて夜7時までしゃべり続けたのだが）。

知っている人と他愛もないおしゃべりをすることと、知らない人に調査目的で話をするのはまるで違う。それでも「あれだけいつもしゃべっているのだから、なんとかなるだろう」という思い込みが原動力になった。そしてそれは案外、単なる思い込みだけでもなかった。

そのときは泣きはしなかったけれど、自分の脳内でDとの思い出とインタビューの原体験ががっちり結合する特殊な感覚は、先ほどの経験と同種のものだった。

「話を聞く」ことを見直すために参加したインタビュー合宿は、期せずして「聞いてもらう／話す」という行為が新たな気づきをもたらす――しかも「もうこれ以上新しい発見はない」と思っていた記憶の中に――という、とても大きな収穫を得た。

自覚している以上に、Dの存在は自分の人生に大きく関わっている。そのことを彼の両親はもちろん知らない。俺は葬儀の翌年に種子島を訪れて、Dの遺影に手を合わせたが、それっきり20年行っていない。大阪の友人たちが種子島を訪れることはたぶんないだろう。もしかして両親は「もうみんな息子のことを忘れて人生を生きているのだろう」と思っているのではないか。そうではないと伝えたい。今でも俺はDのことを忘れていない、と伝えたい。お父さん、お母さんがまだこの世に生きているうちに。

種子島に行こうと決めた。

種子島へ

「ちょっと待ってくださいね。あれ……っかしいな」

「大丈夫ですよ。ゆっくり探してもらってけっこうですから」

2023年の3月。種子島の西之表《にしのおもて》港で、俺は焦っていた。

港には予約したレンタカー会社の人が来ていて、そこで貸し出しの手続きをすることになっていた。しかし、あるはずの免許証がない。免許証なんて、そんなに出し入れすることはない。ずっと財布に入れているはずなのに。

(あっ……確定申告！)

まさかと思い、自宅近くのセブンイレブンに電話してみた。

「あのー、忘れ物の問い合わせなんですけど。先週、コピー機に免許証の忘れ物ってなかったですか？」

「はい、ありますよ。いつ取りに来られますか？」

文字通り、膝から崩れ落ちた。『プラトーン』のポスターみたいな気分だった。なんという痛恨のミス……よりによって、こんなときに、こんな場所で。しぶしぶレンタカー会社の人に伝える。

「すみません……免許証、ありません」

「大丈夫ですよ。待ちますから。ゆっくり探してもらって」

「いや、東京のコンビニに忘れていたんです」

「ああー……（憐）。では、誠に申し訳ありませんが」

「もちろんです。こちらこそすみません」

「いえ、気を落とさずに。観光案内所にバスの時刻表がありますよ」


種子島は南北に伸びた島である。西之表港はその北部に位置している。そして今回の目的地は南部。近隣地区を回るだけの周回バスはそれなりの本数あるが、北部から南部へと長距離移動するバスは、1日に数本しかない。次の便は3時間後だった。しかも鹿児島市に戻るジェットフォイルの最終便は16時40分。バスを待っている暇はない。

「金の問題じゃない」

そう自分に言い聞かせてタクシー会社に電話した。

種子島を訪れたのは、Dの両親に会うためである。

Dには俺と同い年くらいのお姉さんがいたから、自分の両親とそう変わらない年齢のはずだ。おそらく70代……80代でもおかしくない。だとしたら、もう亡くなっている可能性もある。いや、存命だったとしても、かなり健康を害されている可能性だってある。それで種子島行きを決意したものの、インタビューの合宿を行なった2022年12月は、東京都のコロナ感染者数が連日1万〜2万人を記録していた時期。東京に住んでいてもこの数字は怖いのに、種子島の人たちから見たら、相当な恐怖を感じるに違いない。なので、すぐに連絡することは避けた。しかし、コロナ禍が完全に収束することはこの先ずっとないかもしれない（と、当時は思えた）。コロナ禍のせいでずっと先延ばしにしていたら、本当にタイムオーバーになってしまうかもしれない。それで、感染者数が下落傾向にあった2月、思い切って、Dの実家に電話をかけることにした。

「はい、●●です」

お父さんの声だった。

「突然のお電話ですみません。私、Dくんの大学時代の先輩の前田と言いまして。20年ほど前にそちらに伺ったことがあるんですけど」

「はいはい、前田さん」

「それで今度、そちらにお伺いして、手を合わせたいなと考えております。よろしいでしょうか」

「はい、どうぞ」

突然の電話で怪しまれるかと思ったが、拍子抜けするほどあっさり対応してくれた。家の電話に出るということは、電話に出るだけの足腰もあるということだ。都合のいい日程を聞き、最後に念のため聞いてみた。

「あの、お父さん。僕のことって覚えてらっしゃいますか?」

「ええ、覚えてますよ。前田さん」

すべて予想と違った。思い切って電話してよかった。

タクシーは種子島を南北に貫く58号線をひた走る。窓を開けて浴びる海風が心地よい。

チラ、と運転席を見てギクリとした。もしかしてこれは。

「このタクシーってクレジットカードは……」

「あー、すみませんねえ。現金だけなんですよ」

このところ、支払いはすっかりカードかペイアプリになっていたため、現金は数千円しか持っていない。距離的にはどう見ても1万円を超えてくるだろう。

「すみません。いま現金の持ち合わせがなくて、ATMで下ろしたいので、コンビニがあったら停めてもらえますか」

「はい。もうこの先コンビニは2軒しかないですけどね」

グーグルで調べると本当だった。種子島にはコンビニが4軒しかなく、うち2軒は西之表港の近くなので、この先のルートには2軒しかない。通り過ぎないように注意深くグーグルマップを見つめ続け、ファミマに到着した。

コンビニのATMなんて全国どこも同じかと思ったら、違っていた。そのATMは鹿児島銀行のATMだった。キャッシュカードを差し込み、暗証番号を押し、金額を入力。エラー表示が出る。暗証番号間違ったかな。この時点でもう展開がわかると思うけど。

ゆっくり暗証番号を押して、もう一度。エラー。問い合わせ用の電話を取って聞いてみた。

「さっきからずっとエラーが出るんですけど」

「どこの銀行のカードを使われてます？」

「●●銀行です」

「●●銀行……あー、そこのカードは使えませんね。提携外です」

いまどきそんなことがあるのか。手数料がかかるのではなく、使えないとは……。グーグルマップを見ると、すぐ近くに信用金庫があった。タクシーで移動して、再びATM。やはりエラー。窓口の人に「このカード、ATMで使えないんでしょうか？」と聞いてみたら、職員全員が集まってきてあれこれと意見を交わし合っている。待合所のテレビを見ると、大谷がシャンパンをぶちまけていた。日本、優勝したんだな。

結局、信用金庫でも金を引き出せなかった。

「どうするんですか？　お客さん」

このあたりになると、運転手の顔色に無賃乗車を疑う雰囲気が見え隠れしていた。

「なんとかします。時間がないので、目的地へ向かいましょう」

ここからが本当に大変だったんだけど、手短に。

支払いの件は事務所に確認してくれ、と運転手に言われ、車中からタクシー会社に電話。

タクシー会社「金を払えないなら西之表の事務所まで戻ってこい」

俺「もう南部まで来ている。そもそも事務所に行けばカードが使えるのか」

タクシー会社「使えない」

俺「それなら行く意味がない。口座番号を教えてくれればネットバンキングですぐ振り込む」

タクシー会社「明日になるということか？（現金で振り込むと思っている）」

俺「ネットバンキングなら、いまこの場で振り込みできる」

タクシー会社「それができるなら現金で払って（現金で振り込むと思っている）」

俺「現金が引き出せないからネットバンキングで振り込むと言っている」

タクシー会社「ネットバンキングは使ったことがないからよくわからない。うちでは対応していない」
俺「いや、普通の銀行口座で大丈夫だから。教えてほしい」
タクシー会社「信用できないので口座を教えることはできない」
現金がないことで、こんなに詰むとは思わなかった。免許証を忘れた俺のせいでもある。しかも運転手は俺が電話している間、のろのろ運転をしていた。気をつかっているつもりだろうが、完全に「いらんことしい」でしょ。もちろんその間も、メーターは加算されていく。問答に次ぐ問答の末、名刺を渡して後日、請求書を送ってもらうという形で落ち着いた。タクシー料金は1万3千円。金の問題でない。

ようやくご両親の家にたどり着く。仏壇に手を合わせると、20年前のまんまのDがそこにいた。二人はなぜ突然、俺が種子島にやってきたのか、よくわかっていなかった。

そりゃそうだよね。

「出張で近くまで来られたんですか?」

「いえ、このために来たんです」

と、はっきり言うのはずいぶん照れくさかったが、実際そうなのだから、そう伝えるしかない。かいつまんで近況を話す。あれから東京に出て、編集やライターの仕事をしています。ずいぶん前ですけど、こんな本も出しました。と言って、インタビュー集『何歳まで生きますか?』を見せ、仏壇に供えた。そもそもこの本も、伊藤ガビンさんから「まえさん、何か書きたいテーマってあるの?」「死生観について聞いてみたいんですよ。年を取った人じゃなくて、まだ死から遠く離れているような同年代の人に」という話をして、決まった企画である。Dが死んだときから、自分の中にそういう問いがずっとあったのだと思う。

だんだんDの話になる。反抗期はあったんですか。

「それがなかったんですよ、ずっと。だから、アレが最初で最後の反抗期ですわ」

お母さんが言葉を継ぐ。

「いや、でもこれを反抗期いうんか知りませんけど……ちょっとそういうのはありましたね。高3のとき、部屋のごみ箱を見たら、鹿児島大学の推薦合格証が捨ててあったんですよ。あんたこれ、推薦合格してるやないの。鹿児島大学、行ったらいいやん、と言ったらあの子、勝手に見るなと怒りだして。お母さんにそんなこと言われたくないって。なんやろうね。自分で受けたから合格証があるんやろうけど、自分のプライドとして鹿児島大学というのがやっぱり許せなかったんちゃいますかね」

「自分はもっといい大学に行けるはずなんだ、みたいなことですか」

「たぶんそうだったんじゃないですかねえ。都落ち、みたいなね」

大学を中退したときの話も聞いた。お父さんは怒らなかったという。

「Dに言うたんですわ。そういうことやったら、1回、種子島に来い。そこでゆっくり将来のことを考えたらいいって」

ふところの深いお父さんだと思う。それでもDは首を縦に振らなかった。種子島はご両親の出身地であって、D自身は生まれも育ちも大阪だ。帰省先とはいえ、大阪に比べるとなじみのない土地だったというのもあるだろうし、Nちゃんに固執する気持ちもあったのだろう。長い目で見たら、いったん種子島に住んでみたほうが好転した可能性はあったと思うのだが。

ところで、この家に来てからずっと気になっていることがあった。

「もしかして、この家、新しく建て替えました？」

住所は同じはずなのに、どこか新しい。前に来たときはもっと古い家屋だった記憶がある。

「いやいや、気のせいです。新築じゃないですよ」

「お父さん、ほら、前田さんは前に来たのが20年前やから」

「ああ、そうか。もう18年前ですけど、建て替えたんですわ。自分で」

「自分で？　自分で⁉」

「前の家がシロアリに食われてだめになってきて。それで建て替えようとしたんですけど、私が年やからローンが降りんかったんですわ。それで困っとったら、知り合いの大工が『俺が教えてやるからお前が建てろ』と」

当時まだ会社員だったお父さんは定時で上がったあと、大工のもとへ教えを請いに行き、一人でこつこつと家を作り続けたそうだ。アフター5でだよ?

「1年くらいかかりましたけどね。でも、やったらできるもんですわ。部分部分が完成するごとに、おー、できたなあ、とうれしくなってね。それでまた次の部分に取りかかって」

それでいて、障子には古さを感じる。前の家の建具を利用して、その建具のサイズに合わせて、今の家を作ったのだという。ビフォーアフターの手法やん。さっきからずっと驚きっぱなしである。

「まあ漆喰まではできんから、全部木材なんですけどね」

言われてみると、柱だけでなく、壁も木でできている。見た目からはそんな理由だとはわからない。わざとウッドを基調にした家にしたとしか思えない。とてもちゃんとしている。未経験の分野を学びながら、アフター5の時間を使って、1年もの時間をかけてマイホームを作り上げる。すごいバイタリティだと思った。たちまち尊敬の念がわいてくる。

「いやいや、そんな大したもんちゃいますわ」と謙遜するお父さんは、気がつくと体操座りをしている。若くない？「亡くなっていたらどうしよう」と考えていた自分が愚かだった。

さらに驚いたことがある。

話の途中で、Dのお姉さんも居間にやってきた。新生児を抱いて。あれ？ 20年前の葬式でも小さい子供を抱いてなかったっけ？

つい最近、産んだのだという。すごい。みんな人生を開拓し続けている。

船の時間が近づいてきたので、お父さんに港まで軽トラで送ってもらうことにした。今は畑で野菜を作っているので、毎日軽トラに乗っているのだという。

「今年からドラゴンフルーツも作り始めてね。できたら前田さんにも送りますわ」

つくづく生命力のある人だなあ、と感心することしきりだった。

車中、お姉さんのことを聞いた。俺が葬式で会ったことのある夫は、がんで亡くなったらしい。がんが見つかって1カ月、あっという間の出来事だった。シングルマザーとして子供たちを育てることになったお姉さんは、その後いろいろあって先ほどの子を妊娠。そのままシングルマザーとして出産し、育てることを決意したのだという。

「だからそのとき言うたんです。種子島に来い。俺にとっても、お前にとっても、お互いにそれがいいと思うって」

今では孫たちに囲まれて、にぎやかな生活を送っている。


Dの話をしに種子島にやってきたはずが、一家の「人生の荒波を乗り越えるパワー」に、すっかり当てられてしまった。挑戦することへのためらいがない。

「結局、前向いて生きていかんと、楽しくないでしょ」

力強い一言だった。その言葉を聞きながら、ここ数カ月の迷いに答えを出した。

やっぱり大学院、受験しよう。


「そんなこんなで、ずっと感動してたんですよ」

有志でやっている定例のオープンダイアローグで、メンバーに種子島の経験を話していた。その日は種子島の話だけですべての時間を使い切る「種子島スペシャル」となった。

「私、聞いてて思ったんですけど……」

話を聞いていたメンバーが口を開いた。

「まえさん、免許証忘れてよかったんじゃないですか？」

「え、なんで？」

「だって免許証忘れたから、帰りは送ってもらったんですよね？　そこでまた新しい話を聞けたわけだから」

「あーーーーーーーーーー！」

人生に無駄という文字はない。よくできているもんだよ。

完結はしない

2016年11月に亡くなった雨宮まみさんのことは、書くかどうかずっと迷っていた。まだ自分の中で彼女の死を整理できていなかったから。「一人だけ突出して有名な人のことを書くと、本全体の構成がぼやけてしまうかもしれない」という編集者としての考えもあった。

それでも最終的に書こうと決めたのは、雨宮さんの新刊『40歳がくる!』を読んだから。「整理できてから書く」というのは、たぶん順番が違うのだ。書くことで整理しようと思う。

では始めます。

夜、打ち合わせから飲みになだれ込み、すっかり深夜になってしまったので、新宿のネットカフェで仮眠。朝になり、新宿のパチンコ屋の2階にあるルノアールでモーニングを食べながら、原稿の続きを書く。雨宮さんの訃報をネットニュースで知ったのは、そんなときだった。「えーっ!」と、ルノアールの店内でつい声をあげてしまったのを覚えている。ウェブの連載で「40歳がくるのが怖い」みたいなこと書いていたけど、そういうこと? どういうこと?

ツイッターを開くと、タイムライン全体がぐらぐらと動揺しているように見えた。追悼の言葉もあったけれど、ほとんどは動揺だったと思う。かくいう自分も、呆然としたり、書いたり、呆然としたり、書いたり……を繰り返していた。何度目かの呆然のとき、DMで雨宮さんのお別れ会の情報が入ってきた。家に戻る時間はなさそう。というか喪服は実家に置いたままだし。昨日の服装のまま、歩いて斎場に向かう。彼女の死をまったく消化できていなかったので、歩きながらいくらかでも考えを整理しようとしていたのだと思う。整理できるはずもなかったのだけど。

斎場に着くと、ロビーにそれらしき人が集まっている。パッと見、50人弱といったところか。ちらほら知った顔もいるが、お互い話しかけることはしない。ただ無言で待つ。

（こういうのって、まず受付するんじゃないの？）

との疑問が浮かんだが、みんなが無言で待っているので、そのまま待つ。

しばらくすると斎場の職員が現れ、「お待たせしました。こちらに移動をお願いします」と声がかかる。黙ってぞろぞろと移動したその先にあったのは、火葬場だった。そこにワゴンに乗った雨宮さんの棺があった。

（お別れ会って、火葬する直前のお別れのこと!?）

死んだのもいきなりだし、駆けつけてみたらもう火葬というのも、いきなりすぎる。混乱に混乱が重なり、ふわふわした感覚のまま立ち尽くす。と、こちらが戸惑ってぐずぐずしている間に、弔問客が棺を取り囲んでしまった。

当然ながら、こういうときは顔が人気スポットとなる。雨宮さんの顔のまわりはすでに人が密集していて、もう体を入れる隙間はない。上半身でも無理そう。完全に出遅れてしまった。仕方なく、スペースに余裕がある足下に陣取る。

みんな雨宮さんの顔に向かって、口々にお別れの言葉をかけたり、花を添えたりしている。「きれい……」と言ってる人もいた。たしかに、棺に納まった雨宮さんはきれいな化粧をして、きれいな服も着て、とても華やかに見えた。大げさではなく、生前と変わりない美しさのまま横たわっていた。

でもさ。俺のいる足下からはしっかり見えるんだよ。鼻に詰められた綿が。キリッとした顔立ちの雨宮さんの鼻の穴に、綿が詰められているのは、違和感ありまくりというか、どこか滑稽ささえ感じるというか。その綿が、彼女がすでにこの世にいないこと、目の前にあるのはただの亡骸であることを強く主張しているように思えた。

足下からでも声をかけていいはずなのに、言葉がまったく浮かばない。頑張って言葉を発したとしても、「いや、なんでなん!?」しか出てこなかったと思う。そこを乗り越えないと、お別れの言葉は出てこない。

弔問客がひと通り声をかけ終わるタイミングを見て、職員が念を押す。

「では、これで棺を閉めさせていただきます。よろしいですね?」

そのとき。

（あっ！）

その瞬間、ある男性が雨宮さんの顔に覆いかぶさり、キスをした。自分とは面識のない人。生前、雨宮さんと付き合っていた人だろうか。みんなあっけにとられているのか、彼以外に追加で行動を起こす人はいなかった。

その様子を見て、再び職員が念を押す。

「よろしいですね？　では、これで棺を……」

まさかの。

（あっ！）

さっきの男性がまた雨宮さんに覆いかぶさり、キスをした。

今度こそ棺は閉められ、われわれは職員から退場をうながされた。２階で順番に焼香をして、雨宮さんのお母さんにご挨拶して、それでお別れ会は終わり。あっけないお別れだった。感情を出し損ねてしまった。どうすりゃいいんだ。

「いやー、私だったら絶対、生きてるうちにファイナルキッス禁止令を出すね！　ファイナルキッス禁止！」

ドトールで久保さんが息巻いた。

お別れ会があまりにもあっけなかったため、参加していた久保ミツロウさん、能町みね子さんと一緒に、斎場近くのドトールに入った。

最初のほうこそ、「なんで死んじゃったんだろう」「最後に会ったの、いつだった？」などと湿っぽい雰囲気で話していたものの、やがて話題が先ほどのファイナルキッスに移ると、それぞれが抱えていた「最後のアレ、一体なんだったんだ⁉」という思いが吹き出し、久保さんの「ファイナルキッス禁止令」が飛び出したのだった。

「ファイナルキッスもあれっ、と思いましたけど、おかわりしたじゃないですか。僕はあのおかわりのほうが気になって」

ファイナルキッスをおかわりするほど思いが強いと言われればその通りだし、その未練がましさにこそ、人間の生々しさが表れている……と見ることもできる。しかし自分にはなんだか間抜けに見えてしまった。おかわりは完全にそう。「雨宮さんの終わり、こんな感じなんだ……」というのが正直な気持ちだった。

とはいえ、三人でファイナルキッスについておしゃべりするのはちょっと楽しかった。朝からずっと胸の中に溜まり続けていた動揺が、スッと消えていくような感覚を覚えた。なんなら電話で雨宮さんをドトールに呼び出して、「ぶっちゃけ、あれどうなん?」と問い詰めたい気持ちにさえなった。

自分は死後の世界を信じてはいない。天国や地獄があるとも思えない。それでも死後、本人の残留思念のようなものが現世にしばらく存在し続ける……くらいのことはありうると思っている。ファイナルキッスの話で盛り上がっている間、雨宮さんの残留思念がドトールの店内をふわりふわりと漂いながら、ばつの悪い顔をして、

「やめて、恥ずかしいからもうその話はしないで! 私だってツッコミたい気持ちなんだから!」

と、必死で言い訳している。そんなイメージを思い浮かべていた。

雨宮さんもおしゃべりに加わりたいだろうけど、しょうがないよ。死んじゃったんだ

から。

「話してたらお腹すいてきましたね。僕、ケーキ食べます」

「よし、私もケーキ食おう！」

「私も。ここのかぼちゃのタルト、おいしいんですよ」

三人でケーキをむしゃむしゃ食べて、解散した。私たちは生きている。


ドトールでいくらか感情がほぐれはしたものの、それはいっときのことだった。帰宅して一人になると途端に寂しさがつのってくる。それから数日、仕事が手に付かず、ただボーッとして過ごした。体の中にぽっかり空洞ができて、それを何で埋めたらいいのかわからない。

雨宮さんと初めて会ったのは、2012年のこと。当時、俺は30~40代のクリエイターに死生観を聞く『何歳まで生きますか？』というインタビュー集を作っていた。そのインタビュー相手の1人が雨宮さんだった。それまでも彼女のブログ「弟よ！」がネットで話題になることはあり、名前だけは知っていた。たまに読むブログの人にインタビューを申し込もうと思ったのは、2011年に刊行された『女子をこじらせて』を読んで衝撃を受けたから。刊行から2カ月後のことだった。

そのときのインタビューを読み直してみると、なるほど雨宮さんらしいなと感じる。

雨宮　（前略）大体どの歳でも、5年先くらいまでしか分からないんですよね。5年以上先のことを考えると、逆にもう死にたくなるというか。（中略）「80歳まで生きる」って言われたら、けっこううんざり。

――長生き願望はあまりないんですか？

雨宮　全然ないですね。「いつまで生きたいか？」って言われたら、別に明日死んでもいい。

――将来のことよりも今のほうが優先という感覚は、いつ頃から持ってるんですか?

雨宮　いつ頃からでもあるかな。若いときから。ある程度以上の年齢になるってことに対して、全然楽しいビジョンがないんですよ。女って歳とるとモテなくなるっていう怖さが、ずっと最初からあるし。そのうえ働けなくなる。自分の職種的に、若いほうが重宝される仕事じゃないですか。そしたら、仕事もだんだんなくなっていく。モテなくなる。年金もらえるか分からない。そしたら、死んだほうがいいかな、とか思っちゃって。

――お金は分かりますけど、「モテなくなる」っていうのは恐怖なんですね。

雨宮　恐怖っていうか、異性と楽しい関係が築けるっていう楽しみがなかったら、あとは……何をやろうかなあって(笑)。

雨宮　(前略)あんまり先のことを考えすぎるとつらいけど、とりあえず今楽しいことをする、っていうのだと、1週間2週間、1ヶ月2ヶ月くらいは楽しく生きられる。

――雨宮さんがもし長生きするとすれば、（中略）「とりあえずあと500m、あと500m……」の繰り返しで、気づいたらフルマラソン走ってた、みたいな感じになるってことですかね。

雨宮 うん。たぶん私、その長距離が嫌なんだと思う。ダッシュしたいじゃないですか、ワーッて。「でも、ダッシュしたら息切れして、途中でリタイアしなきゃいけなくなるよ？」っていうのが、長生きのイメージなんですよね。今は全力でダッシュしてはいけない、体力を温存しておかねばならない、みたいな。それがもうすごい嫌。本当に今のことだけ考えていられるんだったら、老後を考えて落ち込むこともないと思うんですけど、結局考えちゃうほうだから、たぶん嫌なんでしょうね。

（前田隆弘『何歳まで生きますか？』より）

長生きへの執着がないこと。「今が楽しいこと」がもっとも大事で、それをないがしろにしてまで生き続けようと思わないこと。歳をとることへの恐怖があること。その恐怖の中心には、おそらく異性との関係が大きく関わっていること。

その人の死生観というのは不変ではなく、年齢や体験によって少しずつ変化していくもので、だからこそ「その時点での死生観」を記録しておくためにインタビューをやっていた。それでもエッセンスの部分はその後の彼女と変わらないように思える。

インタビューの半年後、雨宮さんのブログにインタビューの感想が書かれていた。「死生観についての話は、あまりにほんとうの気持ちを言うと、泣きそうになるので、ちょっとヘラヘラしたかんじでしゃべってしまった。これはこれでほんとうのわたしなのだけど、（ものすごく、いつものわたしだ）読みながら、もういちど『ほんとうはどう思っているのか』を考えてしまった」という前置きから始まる文章。

わたしは、

「愛するひととともに生きられなければ、いますぐ死んでいい」
と思っている。

いつも思っている。

「あれがしたい」「これがしたい」というのは、
わたしにとっては、「なんとか生きていくためにしたいこと」だ。
たとえば、わたしは11月の桑田佳祐のコンサートをとても楽しみにしているけれど、
それは「生きていくために、希望がほしいから、観たい」のであって、
いますぐ死ぬ予定があれば、その希望はとくに必要がない。

自分が本当に、心から望むことが叶うという可能性が、
あるともないともいえないところが、人生のややこしいところであって、
あると信じて、耐え難きを耐え、忍び難きを忍んだところで、

孤独なまま生き、死ぬかもしれない。
どれだけ努力しても、報われないかもしれない。
そういう人生もある。

でも、自分から死なずに生きているのは、
希望を信じているひとのほうが、正しく見えるから。
たとえ報われなくとも、希望を信じて生きるひとのほうが、美しく見えるからだ。
正しさや美しさを放棄することが、わたしにとっては、生きることを放棄すること
とおなじことなのかもしれない。

愛することのほかに、人生で、やることなんかそんなにない。
愛し合うことのほかに、人生で、やりたいことなんかない。
ひまだから文章を書いて、書いて、書いて、
文章で求愛している。

わたしは、誰にも死んで欲しくないし、
誰も孤独に生きて欲しくない。

「希望があるから、人は泣く」
というメールをもらって、
心から泣いた。
真実を的確に削り出した言葉には、
だれが見てもあきらかな、光があるとおもう。

（ブログ「戦場のガールズ・ライフ」２０１２年8月29日の記述より）

インタビューが起点となって、「私にとって生きるとは何か？」「人生の意味とは何か？」を自問自答し続けた末、たどり着いた「愛し合うことのほかに、人生で、やりたいことなんかない」という人生の中心。

生きる意味がぐらついているときに、趣味や推しの存在によって生きる力を与えられ、どうにか生きていく。そういう経験のある人は少なからずいるはずだ。でも雨宮さんにとっては「愛し合うこと」が人生の中心で、そうでない事柄はどれだけ魅力的であろうと、生きることの根本的な理由にはならないのだろう。

書いていて思い出したことがある。

死生観のインタビューからほどなく、雨宮さんとはネットで軽口をたたき合う関係になった。『女子をこじらせて』で心を動かされたのは、切実につづられた半生だけでなく、「大学受験でホテルに泊まった際、ペイチャンネルのAVを見まくり受験に落ちる」という〝エロ失敗談〟の部分も大きかった。「女性に性欲があるはずない」と思っているわけではないが、こういうタイプの失敗談は男性だけだと思い込んでいた。それで、初めてインタビューしたときの雑談で「俺もまったく同じ経験ある!」と告白したのだった。そういった経緯もあってか、わりと気兼ねなくやり取りをすることができた。深夜、仕事で追い詰められたストレスで、俺が妄想を爆発させた書き込みをすると、ものの数分で雨宮さんがスッと「いいね」を付ける。それがひところの日常だった。

あるとき、スポーツ新聞に夏目三久と有吉弘行の交際報道が出たことがあった（当時、二人は交際を否定したが5年後に結婚）。そのときの俺の書き込み。

日刊スポーツに、夏目三久は妊娠しているが結婚は未定と書いてあったのは、有吉のほうにためらいがあるのではないかと思った。夏目三久のことは好きだし、大事にしたいと思っているが、心のどこかで「俺みたいなロクでもない人間が…」みたいな思いがあるんじゃないかと。

それを見た雨宮さんから、こんなリプライが来た。

「だって俺バカだし、絶対浮気とかするよ？　子供産まれてもいいパパとか絶対なれないよ？」「いいですよ」「いいの？」「浮気したら怒りますし、私もいいママになれる自信なんてないです。そういうの、一緒にやってくのが一緒に生きてくってことなんじゃないですか?」

ハッとしてしまった。

雨宮さんと妄想のかぶせ合いをするのは、特に珍しくはない。けれどもこのリプライは、ただの妄想とは思えなかった。意図せずして「おもしろ」の範疇を超えてしまっている、といったらいいのか。(妄想の)夏目三久を依り代にして、雨宮さんは自身の願望を吐露していたのではないか。女も、男も、とうてい完全とはいえない欠落だらけの存在だけれども、その不完全さを二人で受け入れて一緒に生きていく。それこそが彼女が望んでいた理想の関係だったのではないか。かつて彼女がブログに記した「愛し合うこと」の具体的な形がこれだったのではないか。そんなことを考えてしまった。なに妄想を妄想でパッケージしとんねん、と思うけれども。

雨宮さんとのコミュニケーションはネットが中心で、会うのは年に1、2回程度だった。それでも、会うと決まって長い時間おしゃべりをした。

仕事でもたびたび関わった。あるときは、作家・雨宮まみに取材するインタビュアーとして。あるときは、ライター・雨宮まみに原稿を依頼する編集者として。年齢も近く、福岡出身であること、大学受験のとき「とにかく福岡を出たい」と願っていたこと、上京してフリーランスで働くライターという共通点もあり、どこか戦友のような感覚で接していた。

2016年4月。フジテレビ「久保みねヒャダ こじらせナイト」に、雨宮さんの紹介で女子プロレスラーのカサンドラ宮城が登場して、その感想を送り合っていると、「年内に女子プロレスの本を出すかもしれない」と教えてくれた。雨宮さんが選手のインタビューをやるのだという。「それまでもライターとしてインタビューをする機会はあったが、まだ自信がない。前田さんのインタビュー術の本があったら参考になるのに」という話になった。

「そこそこ取材受けましたし、まぁ相性もあると思うんですけど、前田さんより上手い人、会ったことないですよ。質問が上手いとかそういうことでもなくて、思ってることと、できてきた原稿に齟齬《そご》がないんです」

内心のニヤつきを抑えつつ、いつか出せるといいですねえ、なんて返していたら、

「本当に書いてほしいので、出版社を探してみます」という話になってしまった。

そして雨宮さんはツテを頼り、話を聞いてくれる編集者を本当に探してきたのだった。

あれよあれよという間に日程が決まり、二人で神保町にある出版社を訪問することになった。

当日。会議室に現れた編集者は不思議そうな顔をしていた。

「今回は前田さんのインタビュー本の企画なんですよね。それで雨宮さんはどういう関わり方を……?」

「あ、私が本を書くわけじゃなくて、ただ私が前田さんの書くインタビューの本を読みたいだけで……」

と、若干あわてた口調で説明する雨宮さんを、(ありがたいなあ、でも面白いなあ)と思いながら眺めていた。

売り込みは、真面目に話を聞いてもらえたものの、「そのままだとライターにしか需

要がない本になってしまうので、うちからは出しにくいですね。『ビジネスに役立つ』という切り口が打ち出せれば、企画を検討できると思います。その方向で再度、企画を考えてみてくれませんか」と編集者に言われてしまった。

言われてみればその通りなのだった。売れている文章術の本だって、実際はライター需要ではなく、ビジネス需要で売れているわけである。ビジネスに役立つ……インタビューをやることで交友関係が増えるとか、社交がうまくなるとか、そういったことはまずない。たまに、その後もインタビュー相手から信頼されることがあるくらいだ。それをもって「ビジネスに役立つ！」と堂々と打ち出せるだろうか。企画書でそれっぽく見せることはそう難しくはないけれど、執筆する段になって苦しむのは自分自身である。というか、そこまでしてビジネスに寄せる意味はあるのか。そもそもそれって、雨宮さんが読みたいインタビュー本なんだろうか。企画が完全にボツになったわけではないのに、思考をめぐらせているうちに意気消沈してしまった。

「ビジネスに役立つインタビューか……そんなの全然、考えたことなかったなあ」

「世の中、厳しいですね……すみません、私の力が足りなくて」

「いや、こういう場を作ってもらえただけでうれしいですよ。雨宮さんが行動してくれなかったら、きっと売り込みなんてしてなかったと思うし」

出版社を後にしながら、福岡で会社を辞めてフリーライターを始めたときのことを思い出していた。

実績もノウハウもなく、「俺ならやれる」という気持ちだけでやっていた駆け出しの頃。映像会社に転職した会社員時代の先輩を訪ねて、「企画のアイデア出しもします。インタビューもできます」と話していたら、同席していた先輩の部下が笑い出した。

「ぎゃはははははは！　こんな怖い奴のインタビュー、誰も受けるわけないでしょ！」

本当にそいつは「ぎゃはははは」という笑い方をしたのだ。足をばたばたさせながら。殺意と情けなさが同時に襲ってきた。（食パンをミニ団子に圧縮するようなやり方で）殺してやりたいほどの屈辱であったが、自分には堂々と言い返せるほどの実績がない。何もないのだ。愛想笑いをしてやり過ごすしかなかった。そこで愛想笑いをしてしまう自分も情けなかった。そこから現在に至るまで単身で売り込みをしたことがないのは、このときの経験がトラウマになっているせいかもしれない。

それが今では「あなたのインタビューを参考にしたいので、本を書いてほしい」と言われ、自分のために出版社に売り込みをしてくれる人がいる。しかもその人は「雨宮まみ」なのだ。うれしくないはずがなかった。このとき雨宮さんが売り込んでくれたことは、それが実現しようがしまいが、自分にとっては大きな意味があった。本人からしたら、「参考材料を吸収して、なんとか女子プロレスの本を成功させたい」という現実的な目的もあったのだろうけど。


出版社の帰り、雨宮さんが「近くに知ってる店がある」と言うので、どう見てもバーとしか思えないカフェに入った。カウンターに座る。

雰囲気が落ち着いていて、他にあまり客がいないこともあって、最初からわりと真面目な話をしていた。お互いの「福岡に対する愛憎」についても話し合ったりした。そういう空気の土壌もあって、前から思っていたことを話してみた。

「今だから言うけどさ。『女子をこじらせて』を初めて読んだとき、あれで雨宮さんが燃え尽きてしまうんじゃないかと実は心配してた」

『女子をこじらせて』は雨宮まみ初の単著にして出世作である。しかしあれだけ自分の中に溜まっていた「女として生きる苦しみ」を吐き出してしまったら、もう書くべきモチーフが残っていないのではないか。初めて会った頃からそんな心配をしていた、と話した。それを直接、本人に伝えることは失礼なことだと承知をしつつ。

「あはは、そっかぁ……私、心配されてたんだ」

苦笑いする彼女を見て、（たぶんカチンと来てるだろうなー）と思いつつ、さらに話を続ける。

「でもそれは完全に間違いだった。『女子をこじらせて』は雨宮さんにとって、ビッグバンだったんだよ。あれから本当の『雨宮まみ』が始まったんだと思う」

そう確信したのは、前年に出版された『東京を生きる』を読んだから。分類上はエッセイなのかもしれないが、読み味は私小説としか思えなかった。文体も『女子をこじらせて』の頃と比べると、一文一文が研ぎ澄まされている感じがした。それは傑作と評価するに十分であるだけでなく、作家・雨宮まみのさらなるポテンシャル――小説家としても花開くのではないかという期待――を感じさせるものだった。

自分の内側に抱えたドロドロした思い、フラストレーション。でも外に出して表現するには見苦しいもの。強烈な恥ずかしさをともなうもの。そういったものを包み隠したまま、作家として生きることもできるだろう。しかしその人にビッグバンは起こらない。一皮むけることはない。どの作家にも当てはまることなのだろうが、彼女のビッグバンはとりわけ大きな爆発だった。そのビッグバンの勢いはまだ収まらず、膨張を続けている（死んでいなければ、今も続いているはずだった）。そういう話をした。

勢いで、もう一つ気になっていたことを話した。この空気なら言える。

「雨宮さんは今、フェミニズムの重要な発信者になっていると思う。たぶんこれからは、発信者としての影響力がもっと強くなっていく。でも雨宮さんはずっとAVの世界を愛してきた人でもあって。そっちもそっちで大事な部分だと思うけど、そのうちその二つが相容れない状況が生まれてしまうんじゃないか。それを勝手に心配してる」

AVの話をしているけれども、AVだけの話でもない。『女子をこじらせて』以降、雨宮さんの文章や発言は年々、注目と共感を浴び続けていた。いちライターとして売れる売れないのレベルを超えて、「時代の要請」のようなものがその肩にのしかかりつつある、と端から見ていて感じていた。このまま「期待されている雨宮まみ」が肥大化していくと、「現実の雨宮まみ」が背負いきれなくなってしまうんじゃないか。気がかりの本質はそういうことだった。それが顕著に表れやすいのがAVへの愛着のように思えたのだ。

雨宮さんは一瞬、戸惑った表情を見せたものの、長考することもなく、「私は自分がフェミニズムを代表する存在だなんて思ってないけど、」と前置きして言った。

「でも、もしエロとフェミのどちらかを取らないといけない状況になったら、私はエロを取る。だって、私はエロに救われたから」

強い意志を感じる口調。

やっぱり雨宮さんは徹底的に「実存」の人なんだな。彼女の文章は本人の実存から来ているもので、実存から来ているからこそ、読者の琴線に触れる。単純な二択というよりは、実存の強さ、原体験の強さとしてエロが優っていたということなのだと思った。救われた経験は、本人にとってかけがえのないものなのだから。

雨宮さんのいう「エロに救われた」ほど強烈な体験ではないだろうけど、雨宮さんのちょっとした言葉に、俺も救われたことがあった。

フリーランスになってしばらくは、固定の仕事場を持たず、タリーズやスターバックス、マクドナルドなどを転々としながら仕事をしていた。おそらく自宅で仕事をするフリーランスのほうが多数派だと思われるが、自分にはそれは無理だった。まだ原稿を書き上げていないのに、店の営業時間が終わってしまい、仕方なくバス停のベンチで完成させたこともあった。なぜそこまでして、外で仕事をすることにこだわるのか。

家にいたらエロいやつばかり見てしまって、まったく仕事にならないからである。「絶対にズボンを脱いではいけない環境」じゃないと、仕事が進まないのだ。

あるとき、俺が家で仕事ができない理由を知りたがった雨宮さんが、友人づてにその理由を聞いたらしい。雨宮さんはそれを聞いてどんなリアクションをしたのか、教えてもらったのだが。

「かわいい、って言ってたよ。よかったね」

かわいい……？

予想外すぎて、そのときは「気持ち悪がられなくてよかった」とホッとするだけで終わったのだが、あとになってじわじわとその言葉が効いてきた。

男性の性欲の強さというのは、だいたい女性から嫌悪される。セックスの真っ只中はその限りではないだろうが、日常生活における男性の性欲の強さは、まず女性から嫌悪される。という大前提があるのに、もともと気持ち悪がられやすい自分がそれをやると、本当にその嫌悪の度合いはひどいことになる。なっていた。

雨宮さんのことだからたぶん嫌悪されることはない、「なにそれ！」と笑われるくらいだろう。そういう安心感はあったのだが、さすがに「かわいい」と言われるのは予想外すぎた。ささいな言葉ではあるけれど、とてもインパクトがあった。ふだん嫌悪されがちな性欲を、肯定されたような気持ちになった。あれは雨宮さんじゃないと出てこない言葉だと思う。

「私の性欲の強さに比べたら、そんなのまだまだかわいいもんだよ！」という意味の「かわいい」だった可能性もあるけれど。

カフェでのおしゃべりが、お互いの間合い的にそろそろ終わりを迎えようとしていたとき、雨宮さんから驚きの発言が飛び出した。

「今度、裸の写真を撮ってもらうんですよ」

以前、「ヌード写真を撮ってもらうことに興味がある」と話していたのは覚えているが、まさか本当にやるとは思わなかった。

「それは」

「見せませんよ」

音が聞こえるくらい、ぴしゃりと言われてしまった。そのまま解散。

その後もメッセージのやり取りはあったし、亡くなる1カ月前にはザ・イエロー・モンキーについてのコラムを書いてもらったが、会ったのはこのときが最後である。


お別れ会から7年後の、2023年12月。

雨宮さんの、おそらく最後の新刊『40歳がくる!』が刊行された。モノクロの本人写真が表紙に使用されていること、カバーが写真の形にくり抜かれていることで、遺影を意識した装丁にしたことは伝わってきた。中身は、本人の連載原稿に加え、関係者たちが実質的な追悼文を寄せているという構成になっている。

これは「本という媒体を使った雨宮まみのお葬式」をやろうとしているのだと思った。表紙は遺影。生前の本人の言葉（連載原稿）があって、関係者が弔辞（特別寄稿）を寄せている。読者はさしずめ参列者なのだろう。


本人名義の著書で本人のお葬式をやることに違和感を抱かずにはいられなかったが、お葬式をやりたい人、参列したい人の気持ちも、それはそれで理解できた。急死してからずっと、追悼のよりどころがないまま、ここまで来てしまっていたから。7年ぶりの新刊でもっともこちらを動揺させたのは、装丁や構成ではなく、未発表原稿「だんだん狂っていく」だった。

そこには、雨宮さんがある時期（おそらく40歳の誕生日の少し前）、かなりの希死念慮にとらわれていたことがつづられていた。ずっと死のぅ死のぅと意識していて、気持ちがだんだん生から離れていく描写は、明らかに他の章とは異質だった。そもそも「だんだん狂っていく」というタイトルからして異質である。死生観インタビューの表現になぞらえると、「ダッシュしてエネルギーを使い果たして死ぬ」ではなく、「もう死ぬつもりだからダッシュしている」ような生活。最終的に、死は回避されて原稿は終わるのだけど、回避できたのは半ば偶然で、わずかのタイミングの差で死んでいてもおかしくはなかった。

インタビューやブログで、生にそこまで執着がないことは知っていた。でも「生に執着がない」のと「積極的に死に向かう」のは、似ているけれど同じではない。何が彼女をそういう行動に駆り立てたのかは書かれていなかった。本人が自覚するような理由は特に何もなく、そうなってしまったのかもしれない。

背景はどうあれ、原稿を読んで狼狽した。雨宮さんがいないことはずっと寂しく思っていて、「この話、雨宮さんに相談したいなー」「これ聞いたら、絶対面白がるだろうな」と感じるときもたびたびある。それでも死の衝撃は時間とともに薄らいでいた。その衝撃が未発表原稿で一気によみがえってしまった。

事故死だと思っていた。

亡くなる少し前の連載原稿には、ほとんど酒を飲めないはずなのに、強い酒を飲んでは吐いていた描写があり、生活が荒れている印象はあった。身近に酒が原因で急死した人もいるので、雨宮さんの死の原因もきっとそういう関係だと思っていた。あるいはやけくそのオーバードーズが、意図せずして一線を越えてしまった。そういう理解の仕方をしていた。「死んでしまいかねない無茶はしていたけど、本人の強い意志として死に向かっていたわけではない」と。

しかし未発表原稿を読んで、その認識はかなりぐらついた。希死念慮にとらわれていた時期はあったのだ。もちろん死の原因が本当にそこにあったのかはわからない。どうせ俺が真相を知る日は永遠に来ないのだ。それでもたしかに言えることがあった。

事故死だと思いたがっていた。

自ら進んで生を放棄したわけではない、雨宮さん自身は死にたさや絶望の中にも、ギリギリで生きる光を見いだす人だった。それは自分の中にある「雨宮まみ」のイメージを崩したくない俺の願望でしかなかった。まさか死の7年後に、こういう気持ちにさせられるなんて。まだ混乱しながら書いている。

つい先日、『その鼓動に耳を当てよ』という映画を試写で見た。「断らない救急」がモットーの救命救急センターに密着したドキュメンタリー。その中に、自殺を図った患者が運ばれてくるシーンがある。そのときに救急医が語っていた言葉が印象に残っている。詳細はうろ覚えなので、趣旨だけ書く。

「自殺しようとしていた人を（他にもどんどん患者は運び込まれてくるのに）なぜわざわざ助けるのか、と思う人がいるかもしれない。でもその人は本当に自分の意思でそうしたのか。もしかしたら何か精神的な病を抱えていて、そのせいで自殺を図ったのかもしれない。運び込まれた時点では、それはわからない。だから運び込まれてきたら助けるしかない。精神の病から自殺をする人を放っておくことは、肺がんのせいで肺炎になった人を放っておくのと一緒だ」

(仮定の話ではあるが)外形的には自分で死のうとしたと見えたとしても、本当はそうじゃなかったのかもしれない。雨宮さんも。

突然、大学時代の後輩Dのイメージがかぶった。あいつもそうだった。ずっと死にたさを抱えていながら、それを隠し通していた。打ち明けていたのは1人だけで。雨宮さんもDも、周囲に死にたさを隠し続けていたのはなぜなのか。プライドか、あるいは気づかいか。

考え続けないといけない。

〝「死なれちゃったあとで」あるある〟として、つい「何か自分にできることはなかったのか」と責任を感じてしまう、というのがある。「よくあるやつだから、あまり考えすぎてもよくない」という考え方もあるだろう。

でもそれは「楽に生きようとしている」としか思えない。自分が壊れない程度でいいから、責任のごく一部でもいいから、引きずって生きていいんじゃないか。「自分には何もできることはなかった」で終わってしまったら、また別の誰かの死にたさを見逃してしまうかもしれない。

だから。

雨宮まみさんの死も、完結させたくはない。

「激動の人生を送った夭逝の作家」で片付けたくない。

「もしかしたら死なずに済んだんじゃないか」という後悔を捨てたくはない。

あまり責任を感じすぎてしまうと、こっちがまいってしまうので、時々思い出したり、時々忘れたりしながら、生きていく。

それが今のところの、正直な気持ちである。

そろそろ話を終わらせようと思う。

『久保みねヒャダ　こじらせナイト』と雨宮さんの関わりは深い。『女子をこじらせて』刊行の翌年に、前身番組が始まったこともあり、「こじらせ」というキーワードで雨宮さんと番組はつながっていた。雨宮さんがゲストとして出演したことも何度かあり、そのときは「こじらせの母」と呼ばれていた。

「こじらせ女子」が新語・流行語大賞に2年連続でノミネートされて、語義や使われ方が本人の手の届かないところまで拡散してしまい、なのに自分がその言葉を背負わないといけないという重圧に耐えかねていたときがあった。そういう時期に始まった「久保みねヒャダ」で、「こじらせー」という（ちょっと脱力した）乾杯の音頭を聞いたとき、雨宮さんは「こじらせが無化されていく」と感じ、とても気が楽になったと言っていた。
番組のエンドロールで流れる映像は、岡村ちゃん……岡村靖幸が番組のライブで歌った「愛はおしゃれじゃない」。使用されるパートは回によって異なるのだが、数回に1回、客席で雨宮さんが踊っているパートが流れていた。雨宮さんがプロフィールに使う写真は、締まった表情のものが多いのだけれど、客席で「愛おしゃ」を歌い踊る雨宮さんはいきいきとして楽しそうだった。とてもいいなと思っていた。

ところが。

雨宮さんの死後、「久保みねヒャダ」のエンドロールで彼女を見かけなくなった。
もともと毎回、雨宮さんの映像が流れていたわけではない。何週かに1回のペースだった。だから気のせいという可能性はある。ただ、「あれ？　雨宮さん、最近出てないな」と感じるくらいには、出ない回が連続した。

それから「久保みねヒャダ」が見られなくなってしまった。

怖かったのだ。もし本当に雨宮さんの映像が使用されていなかったとしても、それは番組による「変に気持ちをざわつかせたくない」という配慮によるものだろう。でも当時の自分にとって、彼女の映像が流れないことは「この世から脱落していった人が、その存在をなかったことにされていく」ことと同義だった。そのことに怖さを感じた。

その頃は年に1回、1年間の名場面をセレクトする審査員として、自分が番組に呼ばれていた。好きな番組だし、関わりも深かったから、番組を見なくなることへの後ろめたさはあったけれども、それよりも怖さのほうが強かった。お別れ会のあと、しばらくうつっぽい精神状態が続いていたことも作用していたと思う。番組を見ていないことは周囲に黙っていた。

雨宮さんの死から半年後。「久保みねヒャダ」のスタッフから連絡があった。

地上波のレギュラー放送が終わってしまうので、最後に特番を放送する。そこで、これまでオンエアしたすべての回からの名場面をセレクトしてほしい。そんな依頼だった。

半年見ていない後ろめたさはあるものの、レギュラー放送が終わるという節目を前にして、協力しないわけにはいかない。即答で引き受けた。

とはいえ、セレクトはなかなか決まらなかった。ある程度まではできるのだけど、歴代1位の名場面がどうしても思い浮かばない。1位の名場面は、番組のラストを飾るにふさわしい、誰もが納得する名場面でなければならない。そのプレッシャーに見合う場面が思いつかなかった。

収録の前日、一緒に審査員をつとめる「テレビブロス」編集部のおぐらりゅうじと電話。

「2位までは俺と前田さんで交互に出し合いましょう。でも、1位は前田さんが決めてください。よろしくお願いします」

相談して決めようと思ったのに、全面的に任されてしまった。1位が決まらないまま、当日を迎える。

お台場に向かうゆりかもめで、ぼんやりしながら夜景を眺めていると、突然「WE ARE THE ひとり」のイメージが降りてきた。「久保みねヒャダの3人で、まだ世の中で作られていないテーマのオリジナル曲を作る」というシリーズ企画で、お正月を一人で過ごす人のために作られた曲。番組そのもののテーマを表現したような曲でもあり、「WE ARE THE WORLD」のようなアンセム感もある。一度思いついてしまうと、1位はもうこの曲以外に考えられなかった。フジテレビの楽屋でおぐら君に話すと、「いい！　それいい！　それで行きましょう！」と賛同してくれた。

本番。

1位は「WE ARE THE ひとり」です、と発表したあと、久保みねヒャダの3人で「なんであれ作ろうとしたんだっけ？」という話になった。

「ネタ出しは私がした気がするんだけど……わあっ！」

と言うや、久保さんがハンカチで顔を押さえて泣き出した。ずっと泣いたまま、動かない。なにか話そうとしているけれども、感情に押しつぶされて声が出せないように見えた。能町さんとヒャダインさんはびっくりしたまま、その様子をじっと見守っている。

やがて感情を強く振り切るようにして、久保さんが大きな声をあげた。

「雨宮さんと決めたの、この曲！」

フェイスブックでメッセージをやり取りしていて、雨宮さんから『WE ARE THE WORLD』のこじらせ版を作ろう」というアイデアが出たのだという。それを久保さんが「じゃあ、私がそれを番組で提案してみるよ」と受け取って、この曲ができたのだった。

涙腺のパッキンがぶっ壊れたように、久保さんが泣いている。能町さんもヒャダインさんも泣いている。その様子を眺めながら、俺はなんだかゾクッとしていた。

「私はここにいるんだから！　仲間はずれにしないで！」

そう雨宮さんに言われたような気がした。エンドロールのこと、1位の名場面のこと、そういうものに彼女の思念が介入してきたような感覚を覚えた。思い込みではあるだろうが、そう思ってしまうくらい、しばらくスタジオが特別な空気に包まれていたのはたしかなのだった。

後日。特番のオンエアを見ると、エンドロールで雨宮さんが踊っていた。久しぶりやん。

番組はその後、地上波放送が再開した。
今でも時々、雨宮さんは踊っている。

対談

岩井秀人×前田隆弘

死なれちゃった経験を語ること

2023年7月
SHIBUYA PUBLISHING & BOOKSELLERS本店にて

崖をのぞき込む人に近づく

岩井　こんばんは。僕はふだん演劇を作ったり、葡萄を育てたり、自転車を修理している岩井と言います。前田さんは僕が連載していた「テレビブロス」の担当編集者で、『やっかいな男』という書籍にまとめてくれた人なんですが、前田さん、そもそもなんでこの本を書こうと思ったんですか?

前田　岩井さんの『やっかいな男』のカバー写真を撮影してくれた写真家・植本一子さんに「今年の文学フリマで本を出すけど、まえさん一緒に出さない?」と誘われて、勢いで「うん」と言っちゃったんです。

岩井　「本を出すから一緒に出さない?」って誘い文句、初めて聞きました(笑)。

前田　文学フリマが日曜日に開催されるのに、ギリギリ木曜日に書き終えて、デザインも自分でやって、金曜日に入稿したという無茶苦茶なスケジュールでした。途中で「もう出せない」と本気で思ったんですけど、無理してでも今やんないと!と内なる声に押されてやり切りました。結果、文フリで完売できて、ネット販売でも増刷分が売れて、SPBSで販売・イベントまでしてもらえて、本当に作って良かったです。

岩井 書き終えたあと、総決算！みたいな感覚ありました？

前田 人生の棚卸しのような作業になりました。まず、書けそうなエピソードのタイトルだけ先に書き出して目次から決めたんですけど、その途中でもう「これは文学フリマ云々じゃなく、今書かないとだめなやつだ」って感覚になって。書き始めたら細かい記憶はよみがえるし、涙も出るし……仮に70歳で書いてたら、当時の生々しい感覚はほぼ消えてただろうなと。

岩井 前田さんって、崖をのぞき込む人のそばにいる頻度が高いですよね。何か特異なところに漂っていないとこんな頻度で出会わない。シンプルに、え？と不思議でした。僕の父も、自分が医者なのに医療過誤で死ぬ、っていうパンチのある死に方をしているから、僕はそれを演劇にしたけれど、そういうことってなかなか起きないですもん。

前田 「ややこしくならない距離感」をあまり気にしないのかもしれない。「この人には何かある」と思ったら近づいていく傾向があるんですよね。

岩井　実は演出家の危口くんが亡くなる前、キャッチコピーに「爆破！」という言葉が入った僕の公演（『再生』）を観てくれて、「一番爆破されたのは岩井さんだった」と感想を書いてくれたことがあったんです。正直「それどういう意味？」って思ったんだけど、死なれちゃうと聞けない。ずっと残っちゃいますよね。演劇を作るとき、いつまでも考えられることって必ずしもプラスにならないから、僕は「誰かがいなくなったあとに何かが残っている」と仮定して考え続けるのが苦手で、なるべく遠ざかろうとする。前田さんはむしろ近づいていくでしょう。不思議な生き方ですよね。

前田　お見舞いのためだけに倉敷に行ったり、親戚でもないのに種子島に行くところがすごい、とはよく言われました。岩井さんは誰かに会いに行くために遠出することってないですか？

岩井　ないです。逆に、誰にも会いたくなくて遠出します。演劇をやってるときは自分以外のことを考えなきゃいけないから、公演が終わると大体、48時間ゲームぶっ続けでやったり、誰もいない山中に行ったりして、満タンになった社会性のゲージを完全にオフにします。

前田　じゃあ、種子島になんでわざわざ……と思いました？

岩井　全部思いました。死はかなり厄介だと思うので、普通なら面倒くさくて避けるし、なんで……?と。前田さんの後輩Dくんが「情けない人生でした」と遺書に残していたところは、読むのもつらい。

自分のハードルを低くする

前田　大学に入ってからもDくんは、中学のときと同じ校区でアパートを借りていたんです。全然違う土地なら比べるものがないけど、近くに中学時代の友達がみんないて、手堅い仕事についている人も目に入ってくるから、刺激されただろうと。

福岡で知り合ったDさんも、僕が上京する前に「東京のほうが向いてるんじゃないですか?　Dさんは僕より文化的素養も引き出しも多いんだから、一度書く仕事に挑戦したらどうですか?」と話したのですが、「俺の年じゃもう遅いんだよ」と返されました。今思えば、当時のDさんは35、36歳でした。後輩Dくんにしても、大学中退したってお父さんは怒んなかったし、「一回種子島に帰って休んで、そこから考えればいいやろ」と言われたのに、結局大阪に居続けた。もし決定的な分かれ道があるとしたらそこかと思うんです。今いる環境のほうが当座は安全だけれど、じりじり蟻地獄にハマって抜け出せない怖さがある。思い切ってその環境を抜け出せば、変わることって確実にあると思うんです。

岩井　僕はかつて引きこもっていたときがあって、でも飛び降りる勇気がなかったから今こうして楽しんでいるんですけど、僕はたまたま自分に対するハードルがすごい低いおかげで生きながらえたと思っています。Dくんも、社会からの目線ではなく、自分だけの目線で自分を見ていたら「情けない」という言葉にならなかったんじゃないかと。うっかり「彼がもし社会的立場を得られてたら、その道は選ばなかったのでは?」と思いがちだけど、逆なんだよね。もっと〈社会〉を通さずに自分自身を見られていれば、こんな結末にならなかった。〈社会〉をものすごく高いところに設定して、そこから見つめちゃったから、自分を低く、情けない存在に感じてしまった。僕や僕より上の世代の人たちはどうしても「まだこんなだぞ!　そんじょそこらの努力じゃだめだぞ!」って言われて頑張れた最後の世代な気がするんだけど、もうちょい下の世代には、絶対そんなこと言っちゃいけない気がする。

前田　僕らの世代は中学くらいで長渕をインストールしているせいですかね。

岩井　まぁそうですね（笑）。時々僕もそんなことを言いそうになるんだけど、好きなことをやってるならいいんじゃない？と今は思う。自己評価は早いうちに低くできたほうがいい。それに、昨日の朝は「超楽しい」と思えても、今朝は「もうお終いだ」と感じることって全然ありますよね。状況はまったく変わらないのに。自分の気持ちなんて意外とランダムで、状況なんて実はそこまで関係ないんだってことが、年をとると徐々にわかってくるんだけど……。

前田　死を選ぶバイオリズムやタイミングって、ちょっとしたことで変わるかもしれないですね。Dくんの葬式のあと、友人の家に寄って「世界の笑撃映像」を見ながら、僕たちは腹抱えて爆笑しました。笑いすぎて多幸感に襲われるくらい。たぶん葬式で受けた感情へのカウンター的行動でもあったんですけど、もしDくんにこんな瞬間があったら、死のタイミングを少しでもズラせたかな？とふと頭をよぎったんですよね。もちろん、自分の無力感と向き合わないと根本的な解決にはならないんですけど、世の中にはタイミングがたまたまズレただけで生きながらえた人もいるんじゃないかと――。

「死」への恐怖

岩井　前田さんは死にたいと思ったことはないですか？

前田　目の前の苦しさから逃げたい！と思った経験は何度もあるんですけど、僕はそれより常に、死への恐怖が勝るんですよね。小学生か、早い人ならもっと幼いとき、いつか死ぬとわかって眠れなくなる夜があるじゃないですか。僕はその感覚をまだ引きずっているんです。怖くて怖くてたまらない。でも大人になるとみんなそんなこと言わなくなるし、大学生くらいになると「死にたい」って言う奴すら出てくる。自分はこんなに怖いのに、なんで死にたいって思う人がいるんだ？って衝撃でした。この恐怖の根っこは日曜にたまたまテレビで見たドリフターズの映画なんですよね。気絶したいかりや長介を他のメンバーが「死んじゃった！」と勘違いしたまま火葬しちゃって、燃え盛る棺の中でいかりやが目を覚まし、もがき苦しむんです。最後はまっ黒な顔をして煙突から出てくるオチなんですけど、子供心に「生きたまま焼かれるなんて！」と全然笑えなかった。初めて死への恐怖が生まれた瞬間でした。

「死にたい」と思えないのは、この恐怖が勝っちゃうからなんですよね。

岩井　数ある「〇〇したい」という欲望の中で、「死にたい」は一番具体的じゃないから、「今の状態を変えたい」「肉体から自由になりたい」ということなんでしょうね。

最近、認知症って「死」までの正しい段取りじゃないかと思うようになりました。頭が明晰なままだと、体の自由が利かなくなることや認知の衰えを自覚してしまうけど、認知症になれば、好きな時間にタイムスリップして、時間からも肉体からも自由になる。言うなれば「さなぎ」みたいな状態。これはかなり優れた機能なんじゃないかと……。

前田　認知症になると、たとえば怖かったり、痛々しい過去を思い出して「アーッ！」って声が出たり、体が硬くなったりすることもなくなるんでしょうか？

岩井　老人ホームで目にする、突発的に「あぁ！」って声を出したり、物をバンッと叩いたりする人は、たぶん「思い出しアー」に襲われてるときなんじゃないかな（笑）。だから、消えないんでしょうね。とある老人ホームを取材したとき、女性同士は天気や服、ニュースでもなんでも話題にして会話できるのに、男性同士だとなかなかできなくて、現役時代の名刺を渡そうとする人がいると聞きました。最悪！と即座に思ったけど、まったく他人事じゃない。はげ散らかした自分が車椅子乗りながらテレビ見てて、40歳くらいになった神木隆之介くんが画面に映ったら「俺、あいつと仕事した！」って誰かれ構わずかますな〜って想像できちゃったから。

前田　「そんな、嘘おっしゃい」なんて肩を叩かれでもしたら……。

岩井　「嘘じゃねえ！（怒）」ってなるでしょうね。急にうろ覚えの台詞《せりふ》とか言ったりして。それで看護師さんに連れていかれる。今思ったこの感じをすりつぶさないとやばい。

前田　すりつぶせます？

岩井　それが「ハードルを下げる」なんです。「俺は○○なポジションの人とつながりがあるぞ」とか言って自分の外部をよりどころにしているやばさに気づけるかどうか……。「俺は社会で○○をやった」って話は人に伝えやすいけど、自分の価値をそこに置くと危ういんですよね。会社や仕事に全振りしたところで、65歳になれば全部スポンって抜けちゃうし、老人ホームを取材して、それがどれだけ恐ろしいかを痛感しました。いくつかの離脱可能なコミュニティに参加するほうがよっぽど強い。

「死」をライトに語れるか

前田　この本に書いた「インタビュー合宿」では、10人弱のメンバーが全国から集まって、朝飯→ワークショップ→昼飯→ワークショップ→夕飯→ワークショップと、一日7～8時間のインタビューを4泊5日でやるんです。年齢も出自も違う人が、肩書や仕事内容を明かさず、どんな人生を歩んできたか・何を思ってきたかに焦点を当てて話す。もちろん職業がアイデンティティになる人もいますけど、それらは結局自分の外部なんです。肩書にすがらないコミュニケーションを通して、僕自身はいろいろな気づきを得て、種子島に行く境地になったので、本当に貴重な時間でした。

岩井　前田さんがDくんの家族に会って、異常なエネルギーに圧倒されて帰ってくる話も良かったですよね。

前田　Dくんは僕くらいしか大学時代に友達がいなかったはずだし、親密な友達もごくごく少なかった。傲慢なんですけど、Dくんの両親が「もう息子のことを思い出す人間は誰もいない、忘れられた存在なんだ」と思って残りの人生を過ごしていたらいやだなと思って……「お父さん、僕は覚えていますよ！　元気だしなよ！」とエネルギーを与えるくらいの気持ちで種子島に行ったら、逆に僕のほうがエネルギーをもらって帰ってきたという（笑）。

岩井　残された人が、死んでしまった人のことだけに引きずられているわけじゃない、そんなもんだよ、というところに希望を感じました。どんな死に方、どんな失い方をしようが、死そのものに対してできることはマジで何もなくて、もう、とんでもなく前向くしかないんだなと。

前田　結局、僕が一番引きずってて、一番面倒くさい。

岩井　それを何とかしてもらいに行ってるのが、すごく面白かった。どういう死に方をしたのか、それについてどう思っているのか、聞けない空気って、体と精神に良くない。死をしっとり話すだけではなく、あえてライトに話してみるのも一つじゃないかと思うんです。たぶん、自分にどこまで責任があるかによってグラデーションが変わるのでしょうが……穴に落ちて死んじゃったおばさんは、明らかに前田さんには責任がないと言い切れるけど、親とか自死した友人の場合って、「自分に何かできたかもしれない」とかいろいろ考えるだろうし。でも、実のところ僕は、たとえ家族が亡くなったとしても、穴に落ちたおばさんの死くらいに受け取れたらいいなって、思っちゃうんです。

前田　中2のとき、ある事件で父親を亡くした同級生がいて。あえて詳細は省きますけど、すごく仲良くて、10代で出会った人の中で一番面白い奴だった彼が、思わぬ形でお父さんが死んで以降、激変していくのを目の当たりにしたんですよね。お父さんの事件がなかったら彼の人生はまったく違っただろうという確信がある。穴に落ちたおばさんは瞬間的に起きた出来事だったのもあって、描写が多少ライトにならざるを得なかったんですけど、僕はこの同級生のことを思うと、死を語るとき、根本的にはライトになりきれなくて……。

コロナ禍の「死」

岩井　コロナ禍に入ったとき、大人数のイベントや外食とかみんな慎重になったじゃないですか。それが僕には全然なくて、異常に元気で、「逆にいろんなことやってよくなった！」と感じたんです。今思うと躁状態だったんですけど、前田さんの文章読んだときに、もろにリアルな距離感でコロナの影響を見てるか見てないかは大きいなと思いました。前田さんから見て、僕はだいぶコロナ無視してましたよね？

前田　コロナ禍初期に開催した、岩井さん主催の「いきなり本読み！」（俳優たちが当日の舞台上で初めて台本を渡され、即興で役作りをしながら読み合わせをするイベント）のときは、バキバキにコロナのプレッシャーがすごかったですよね。僕も会場に行くのに一瞬迷いがありました。

岩井　ＳＮＳで誰も「行く」って言わなかったですしね。本当に結果論でしかないですけど、僕の中に「やらない」という選択肢が無かったんです。３・11の震災のときは「電気が不足しているのに」、コロナでは「誰かが死んでいるのに」という理由で、「今なぜ演劇をやるんだ？」と散々言われました。でも、どこかで誰かが不幸なのは今に始まったことじゃない。世界はずっとそうだし、いつもそれをガン無視して演劇をやってきたのに、近場の人が不幸になった途端やるなっていうのは、すげえ腹立ったんです。

でもワタナベエンターテインメントの社長が「人の心にしか届かない栄養がある。それをわたしたちは届けているから、コロナ禍でも公演をやります」と言ってくれたことと、演者のみんなが「岩井がやるならやる」と言ってくれたこと、この2つが大きくて、何を言われてもどうぞという覚悟ができました。慎重派のスタッフに「稽古のあとはご飯食べに行かないでください」って言われたときもマジで理解できなかったんですけど、前田さんの叔父さんがコロナで亡くなった話を読んだら、うーん……スルーできないなと……。

前田　明らかに会食した相手から感染させられたとわかっているし、病院では面会もできない、棺を運び入れるのも断られる、葬式も人を呼びたかったけどごく少数の身内だけでやって、僕も行けなかった。大切な人をコロナで亡くすと二重三重の苦しみを味わうんだとわかってしまったんですよね。今ではマスクをしてない人も増えて、こんな時代があったこともいずれ忘れられていくのでしょうが、こういう人がいたんだぞと、記録する意味でも書いて良かったなと思っています。

話す人、話さない人

岩井　会場のみなさんにも感想をお聞きしていきましょうか。

Aさん　じつは先月夫を亡くして、息子が中学2年生、娘が小学4年生で、わたしもけっこうつらくて……特に、息子のほうが「ちょっと友達にどう言っていいかわからん」と悩んでいます。先生も「言わないほうがいいか、言ったほうがいいか」と聞いてくださるし、わたしも「もし会話の流れでお父さんの話になったら、友達には言ったほうがいいんじゃない?」と話してみたら、二人とも思春期で葛藤があるんですよね。息子も娘も「あまり言いたくない」「友達には今まで通り接してほしい。〝あいつの父ちゃんいないんだ〟とか噂されるのはいやだ」と。ただ、いつかは周囲に知られることだし、どうしたらいいか。わたしにとっては夫を亡くすという経験ですが、小中学生で父親を亡くす子供の気持ちは、深いところではわかりきれていないと感じます。

前田　まわりにめちゃくちゃ気をつかわれても、重荷になったりしますよね。

Aさん　近しい友達にだけ話したら、すごくいい言葉が返ってきたらしいんです。「俺がいるから」とか「今までと変わらず僕は味方だから」とか。息子は、「ありがたいけど、気をつかわせている状況がつらい」と。

岩井　まず僕は演劇を作ってる立場から、今のお話しぶりがすごくいいなと感じました。ごめんなさいね、話し方のことだけ、もちろん心の中はわからないですが……夫を亡くして1カ月だと「実は……せ、先月に……」といろいろな感情があふれる話し方かと思いきや、すごくさっぱりとしていて、お母さんがお子さんにその態度でいてくれるのは、すごくいいいんじゃないかと。まわりの人は「心の底に穴があるだろう」とできる限り何かで埋めようとしてくれるけど、気をつかわれたら何でも受け取らなきゃいけないってルール、大人でもつらいですよね。「ありがたいけど、けっこうです」「『俺がいる』まで言ってくれなくて大丈夫」みたいに普通に返す、そこがスタートでいい気がしました。「しっとりすんなよ」って。

前田　話してもいいと思うときがきたら、話せるといいのかな。話し方ひとつで変なことになってしまう怖さもあるけど、同年代の人と親とでは感触も違ってくるし、たとえ気をつかわれたとしても、「そういうのもいらんねん」とコミュニケーションできればいい。なんらかの形で話せる方向に持っていけたら……。

岩井　息子さんにはいつか気が向いたらYouTubeでもなんでも「実は、あそこまで熱く語られて、ちょっとだけ迷惑でした」って世界に向けて伝えてほしいです（笑）。

Bさん　アドバイスといえるほどではないんですけど、僕は中2のときに父を亡くして、当時は何もわからなくてまったく泣けませんでした。30歳過ぎたあたりでやっと「もう父とは話せない、今の自分のことも伝えられないんだ」としみじみ身に染みて、涙が落ちることがありました。個人的には、他人に話して解決したことはなく、自分でずっと抱えて、時間がただ過ぎて、あるとき何かを受け止めた、という感覚でした。

Cさん　死をライトに、カジュアルに語るという話がありましたが、わたしも身近な人を亡くしたとき、どこか話しちゃいけない空気があると思いました。重いし、人にうんこ投げるような気もするから（笑）。

岩井　うんこまでいきますか（笑）。

Cさん　なにか背負わされるものがありますよね、話を聞かされたほうも。でも、やっぱりわたしは話したいんです。この本を読んで、あ、発表してもいいんだ、こんなに言っちゃっていいんだって思えて、優しく癒やされるものがありました。

前田　お通夜って本来、死について話す場を一部担保していたと思います。親戚、会社の人、友達がめいめい死んだ人の話をして、互いに多少消化できていたものが、コロナ禍で限られた身近な人しか呼ばれなくなり、話す場が失われた。亡くなって1年2年経ってから新たに思い至ることがあっても、同じテンションで話せる人はそういない。

岩井　結局「あれから1年経ってわかった気持ち」も死の話ではあるから、楽しい時間にしてあげられる保証はないし……と気をつかって話せないということだよね。

前田　想像ですが、Dくんの種子島のお父さんも、息子が死んで10年、20年たって、家族以外で息子のことを話せる人って、ほぼいなかったんじゃないかと思うんです。法事で親戚には会えたとしても、息子と交友関係があった人間に「会おう」と言うことなんて、まずないだろうし……。

Dさん　いくら親しい子でも、経験値の差で話せないこともあるなと思います。出産していないと出産の痛みはわからない、両親の死を体験していないとどうせ伝わらない、とか――。わたし自身も父親が脳梗塞で植物状態になった経験が壮絶すぎて、これは人に話せないと思ったことがありました。

Eさん　わたしは、経験値の差を埋めるのが〝入り口としてのライトさ〟かなと思いました。テーマが死だとしても、最初にライトに入ることで、聞く人も直球じゃなくふわふわと受け取れる。経験の差を緩和する優しさが、語りのライトさにはある。

実は、3年ほど前に母と父が同時に認知症になって、母は自分の名前すらわからない状態になったんです。先に父が亡くなり、母に「パパ亡くなっちゃったんだよー」と言ったら、おでこをぺしぺし叩いて笑っていました。周囲には、両親が認知症なんて大変だねと言われたんですが、わたしはちょっと良かったと思ったんです。母は父を超愛していたから、一秒でも父の死で泣き暮れてほしくない、パパ、一秒でもママより長生きして！とずっと願っていました。結局、願った順番にはならなかったけれど、岩井さんがさっき「認知症は『死』までの正しい段取りだ」と仰っていたことに勇気づけられました。そして、年齢を重ねるほど見送る人も増えるし、コロナ禍で近しい人も亡くして、よりいっそう「死なれちゃったあと、生きてる側がどう語るか」が大事だと感じます。前田さんのようにひたすら丁寧に語ることで、亡くなった方や周辺にいる人へのリスペクトになるんじゃないかと思いました。

岩井　ライトに話すことって、もしかしたらフラットに話せる相手を探すジャブなのかもしれないですね。会場のお客さんがこの本を読んでいろんなことを思いながら来てくださったことがわかって、直にお話まで聞けて良かったです。実は、最初僕はこんな場で自分が話して何になるんだ？って疑問だったんですが、みなさんのおかげでこのイベントの本質が摑めた気がしています。

前田　この本は自分自身のことを書いているんですが、死なれちゃった経験はみんなが持っているから、〝自分と読み手の中間にある〟ようなタイトルをつけられたらと思っていました。今日、僕らがうながさなくてもみなさんが自発的に語り始めるのを見て、このタイトルにして間違いじゃなかったと思えたし、僕ら二人のトークよりも、みなさんが語ってくれたことこそが核心だったと、いま強く感じています。

今日はお集まりくださって、本当にありがとうございました。

岩井秀人　いわい・ひでと
1974年東京都生まれ。作家・演出家・俳優。劇団ハイバイ代表。2012年にNHK BSドラマ「生むと生まれるそれからのこと」で第30回向田邦子賞、13年に「ある女」で第57回岸田國士戯曲賞を受賞。

あとがき

『死なれちゃったあとで』は、もともと文学フリマに出す同人誌として書いた本である。参加申請をした時点では何の構想もなく、開催1カ月前になってエピソードの候補を書き出しているうちに、「死別にまつわるエピソードに印象的なものが多い気がする」と気づいたところから執筆が始まった（本当は種子島に行った直後から、うっすらこのテーマを意識していたのかもしれないけれど）。

スタートはふんわりとしていたのに、書き進めていくうち、「これはいま書かないといけないやつだ」という確信が芽生えてきた。後回しにしてはいけない。このタイミングで書くことに意味がある。開催3日前になっても書き終わらず（そのあとDTPも印刷もあるのに！）、「もう間に合わない」と弱気になりながらも完成させることができたのは、この使命感のおかげだ。

ぼんやりと頭の中にあったイメージでも、いざそれを言葉として出そうとするときには、「その人／その出来事について自分はどう思っているのか？」という問いといちいち向き合わねばならない。中にはずっと保留状態にしたまま過ごしてきた問いもあって、過去の自分／現在の自分との対話を繰り返しながら書いていたようなところがある。これからの人生を生きていくために、「これまでの人生の棚卸し」をやっていたような感覚、と言ってもいいかもしれない。

出版記念のトークイベントを2回もやれたこと、そこでいろいろな人の死別体験に耳を傾けることができたのは、自分にとっても参加者にとっても大きな意味があった。SNSの更新が途絶えたまま連絡がつかなかったDさんの「その後」を聞くことができたのも、この本を出した意味の一つだと言っていい。

そのトークイベントに関して、忘れられない出来事があったので、ここに記しておきたい。

収録されている岩井秀人さんとのトークイベントの打ち上げをした、その帰り道。打ち上げに参加していたライターの碇《いかり》雪恵さんと雑談していると、「鎌田さんが前田さんと話したい、と言ってましたよ」と聞かされた。鎌田さんとは、「ナカゴー」「ほりぶん」という二つの劇団を主宰する劇作家・鎌田順也《としや》さんのことである。10年くらい公演を追い続けていて、鎌田さんとは面識もあるのだが、サシでじっくり話したことはまだなかった。

「俺と話したいって、前にも聞いたことがある気がする」

「前も言ってましたね。ときどきそういうこと言うんですよ」

「俺は全然ウェルカムだよ」

「私も『そんなに話したいなら会って話せばいいじゃないですか』と言ったんですよ。そしたら『でも話すことないし』って」

「話すことないって（笑）。でも俺も会って話したいけど、話題に困るかもしれないなー。『期待して会ってみたけど、話したらつまらない人だった』と思われるのも怖いし」

そう言いつつ、内心は「でも本人が会いたいと言ってるんだから、そのうちおしゃべりする機会はきっと来るだろう」とも思っていた。

「それと鎌田さん、前田さんの本読んだと言ってましたよ」

同人誌のことである。文学フリマに来て買ってくれていたのだった。

「『だいぶおしゃべり大好きキャラなんだとわかりました。全然しゃべれたことないけど』と言ってました」

終演後、ロビーで鎌田さんに声をかけるときは、いつも照れてしまって、「面白かった」くらいしか言えなかったので、口下手な人だと思われていたのかもしれない。

「あと、前田さんに伝えてほしいと言われたことがあって」

「えっ、なになに」

「『死ぬまでにいっぱいセックスしてくださいね』って（笑）」

「はっはっはっは！　マジで言ってるんだか、皮肉で言ってるんだかわからないけど、鎌田さんって感じがする」

「そんなの、直接言えばいいじゃないですか。『私がセッティングするから三人で会いましょう』と鎌田さんに言ってみましょうか？　いま公演の準備中だから、『行き詰まったタイミングで息抜きにおしゃべりしましょう』みたいな感じで」

じゃあもうすぐ会うことになるんだろう。楽しみだ。

という出来事があった2日後。

鎌田さんの訃報が飛び込んできた。

虚血性心不全により、自宅で急死したのだという。その亡くなった日というのが、トークイベントの日なのだった。鎌田さんの話をしていたのは終電のタイミングだったので、そのときすでに彼はこの世にいなかったことになる。碇さんが「今度三人でファミレスに行きましょう」と鎌田さんに送ったLINEには、既読がつかないままだった。

訃報を知ってショックを受けたあと、2日前の記憶がよみがえってきた。俺に向けての最後のメッセージが「死ぬまでにいっぱいセックスしてくださいね」って……。ちょっと笑ってしまった。そしてすぐ大きな後悔に襲われた。

まさか38歳で突然亡くなるなんて、予想しようもないことではあるけれど、今まで

「予告なく訪れる死」をいろいろ経験してきて、それをこの本に書いていたんじゃないのか。相手が話したいと思っていて、自分も話したいと思っていて、あとはそのきっかけを自分が作ればいいだけだったのに。

もったいぶっている場合じゃあ、ないんだよ。

そうやって後悔の積み荷がまた一つ増えていく。

雨宮さんの章はどう書いていいかわからないまま、「書く」と「考える」を同時進行でやっていた。むしろ「書く」が先行していたくらい。

そのとき思ったのは、「後悔を手放さない」ということだった。喪失にまつわる後悔が強すぎて押しつぶされる人もきっといて、そういう人は手放さざるを得ないのだろうけど、自分にとって喪失の後悔は、その人のことを考え続けるための「いかり」というイメージがある。後悔を手放さず、いかりを降ろしていれば、いつかその人の生き様や死に、新たな意味を見いだせる日が来るのかもしれない。もっと理解できるのかもしれない。生命体としてはもう死んでいても、その人の人間としての有りようは、自分の中でまだ変わっていく余地がある。これは後付けではあるけれど、「死なれちゃったあとで」というタイトルには、「死なれちゃった瞬間の感情」というより、「死なれちゃったあとの気持ちの経年変化」というニュアンスが含まれているように感じる。

書き上げてみると、やはり後輩Dにまつわるエピソードがこの本の軸になっている。同人誌を書く際、まっさきに書こうと思い立ったのに、結局最後に回って、もっとも時間がかかったのがこのエピソードだった。最初はざっくりとした記憶しか思い出せず、ずいぶんあっさりした内容になったのだけれど、推敲を重ねているうちに、当時の気持ちが肌感覚でよみがってきて、記憶の解像度がぐんと上がっていった。そうやって時々涙ぐんだりもしながら書き上げたのが、「針中野の占い師」である。

出版社から刊行されることが決まったとき、ご両親に手紙を添えて同人誌を送った。本当はすぐに送るべきだったのだけど、Dについて今まで知らなかった記述もあるはずで、かえって動揺させてしまうのではないか……という危惧があり、送りあぐねていた。出版決定にケツを叩かれるようにして、やっと送ったのだった。

返事が届くまでは不安でしかたなかった。もしかして怒っているのではないか。あるいは、見ないほうが良かったと思っているのではないか。そんなことを考えたりもした。

年明け、種子島から小包が届いた。

中身はドラゴンフルーツとポンカン。そして手紙。恐る恐る読んでみると、ドラゴンフルーツを送るので食べてほしい旨が書いてあり、本については「ありがたく読ましていただきました。ありがとう」と書いてあった。複雑な思いはきっとあったんだと思う。いろいろな感情が交錯しながら絞り出したのが、このシンプルな一言だったのかもしれない。

お父さんにお礼の電話をかけた。「本当はこの時期（1月）に採れないんですけど、去年は気候がちょっとおかしくてね、採れたんですよ」と、ドラゴンフルーツについて話してくれた。作物の出来ばえについてひとしきり話をして、電話は終わった。本の話は聞けなかった。

春になったら、この本を持って種子島に行こうと思う。Dの仏前に供えるために。そして話をしよう。免許証もちゃんと持って。

前田隆弘
1974年福岡市生まれ。フリーランスの編集者・ライターとして、
インタビューを中心に精力的に活動。
雑誌「TV Bros.」にて、フジテレビ「久保みねヒャダ　こじらせナイト」の連載版、
岡村靖幸、岩井秀人などの担当を長年つとめる。
著書に『何歳まで生きますか?』。

装画・挿絵　マメイケダ
装丁　櫻井久、中川あゆみ（櫻井事務所）

死《し》なれちゃったあとで

二〇二四年 三 月二五日 初版発行
二〇二四年 九 月二〇日 四版発行

著 者 前《まえ》田《だ》隆《たか》弘《ひろ》
発行者 安部順一
発行所 中央公論新社
〒一〇〇-八一五二 東京都千代田区大手町一-七-一
電話 販売〇三-五二九九-一七三〇 編集〇三-五二九九-一七四〇
URL https://www.chuko.co.jp/

DTP 嵐下英治
印 刷 TOPPANクロレ
製 本 大口製本印刷

Printed in Japan ISBN978-4-12-005767-0 C0095